LONGE DA TERRA

JOSÉ MAURO DE VASCONCELOS

LONGE DA TERRA

...Todos nós pedimos esmolas para a vida!...

Sumário

A Literatura de José Mauro de Vasconcelos 7

Primeira Parte – MONOTONIA

A Dança do Ventre Materno 15
Aspectos 21
O Sermão da Terra 30
Djoé 37
O Major Sant'Ana 45
A Plantação de Abacaxi 53
Um Homem que se Chamava Gregorão 63
A Mulher-dama 72
Ao Balançar da Rede 83
Luna Verde 98
Goó, o Cantador 104

Segunda Parte – NOITE DE LUA

Noite de Lua e Beé Rokan 113
Tio Florêncio 121
Cabiroró 128
Castigo 134
Ramalalá Ibinare 138
Os Índios Gaviões 145
A Lenda da Luz 152

Terceira Parte – ...LONGE DA TERRA

...Longe da Terra 159
Semelhança 162
Revelação 164
Os Desconhecidos 172
Histórias que o Rio Leva e Traz 195
Casamento Selvagem 202
A Canção de Marabá 210
O Homem Longe da Terra 221

José Mauro de Vasconcelos 227

A LITERATURA DE
JOSÉ MAURO
DE VASCONCELOS

por Dr. João Luís Ceccantini

Professor, pesquisador e escritor
Doutor e Mestre em Letras

A literatura de José Mauro de Vasconcelos (1920-1984) constitui hoje um curioso paradoxo: ao mesmo tempo que as obras do escritor estão entre aquelas poucas, em meio à produção nacional, que alcançaram um número gigantesco de leitores brasileiros – além de terem sido também traduzidas para muitas outras línguas, com sucesso de vendas e projeção no exterior –, não contaram com a contrapartida da valorização de nossa crítica literária. Há, ainda, pouquíssimos estudos sobre suas obras, seja individualmente[1], seja sobre o conjunto de sua produção. Trata-se, com certeza, de uma grande injustiça, fruto do preconceito de um julgamento que levou em conta, quase de maneira exclusiva, critérios associados à ideia de *ruptura* com a tradição literária como elemento valorativo. Uma das vozes de exceção que veio em defesa de Vasconcelos foi a do grande poeta, tradutor e crítico literário José Paulo Paes (1926-1998), que denuncia "a miopia de nossa crítica para questões que fujam ao quadro da literatura erudita", examinando o desempenho do escritor "unicamente em termos de estética literária, em vez de analisá-lo pelo prisma da sociologia do gosto e do consumo"[2].

José Mauro de Vasconcelos, com a linha do "romance social" (frequentemente, também de caráter intimista), que produziu desde a sua estreia com *Banana Brava* em 1942,

---

1. A exceção é *O Meu Pé de Laranja Lima*, título lançado em 1968.
2. PAES, José Paulo. *A Aventura Literária*: ensaios sobre ficção e ficções. São Paulo: Companhia das Letras, 1990. p.34-35.

prestou um serviço notável à cultura do país, contribuindo de modo excepcional para a formação de sucessivas gerações do público leitor brasileiro. Soube seduzi-lo de maneira ímpar para uma obra multifacetada, que permanece atual, sendo ambientada em diferentes regiões do país e abarcando questões das mais pungentes, sempre segundo uma perspectiva bastante pessoal e impregnada de sentido dialético. Chama a atenção, na visão de mundo do escritor, particularmente, o destaque dado em suas composições à relação telúrica com o meio e certa visada existencialista. Vasconcelos conjuga, em suas personagens, espírito de aventura e vigor físico com dimensões introspectivas; aborda temáticas regionalistas, bem como as de natureza urbana; analisa a sociedade contemporânea segundo uma visão crítica e racional sem abrir mão de explorar aspectos afetivos ou até mesmo sentimentais de personagens e problemas; põe em relevo espíritos desencantados, assim como aqueles impregnados de esperança; debruça-se tanto sobre os vícios como sobre as virtudes dos entes a que dá vida; esses, entre tantos outros elementos, dão corpo a uma literatura à qual não se fica indiferente.

Para uma leitura justa e prazerosa da obra do escritor nos dias de hoje, vale lembrar que a literatura de Vasconcelos precisa ser compreendida no contexto social de sua época, não devendo ser avaliada por uma visão étnico-cultural atual. Se é possível encontrar, aqui e ali, uma ou outra expressão linguística, ponderação ou caracterização que seriam inconcebíveis para os valores do presente, isso não desvia a atenção do valor do escritor e do imenso interesse que sua obra desperta, de visada profundamente humanista.

A reedição cuidadosa que ora se faz do conjunto da obra de Vasconcelos é das mais oportunas, permitindo que tanto os leitores fiéis à sua literatura possam revisitar, um a um, os títulos que compõem esse vibrante universo literário, como que as novas gerações venham a conhecê-la.

Em *Longe da Terra*, obra lançada em 1949, dois aspectos chamam a atenção, de imediato, em relação à produção anterior do escritor: primeiro, o fato de que, nesse seu terceiro romance, a história não é mais narrada de um ponto de vista externo, mas, sim, pela personagem principal; segundo, o fato de que Gregorão, importante personagem do romance de estreia do autor, *Banana Brava*, faz-se presente na trama. Na verdade, estes dois aspectos serão recorrentes na literatura de José Mauro de Vasconcelos ao longo de sua produção: narradores-personagens que permitem ao leitor vivenciar a história de um ângulo bastante subjetivo e a repetição de personagens de um livro em outro, o que convida o leitor a conhecer o conjunto de sua obra, desvendando os caminhos cruzados de uma galeria de personagens que se tornam familiares, como numa série.

O narrador-protagonista de *Longe da Terra* é um jovem que abandona a vida na cidade grande, os parentes e os amigos, o curso de medicina e os hábitos urbanos, para morar numa minúscula cidade decadente de Goiás, na região do Rio Araguaia. Sente a necessidade de conhecer outra geografia, outros tipos humanos, outra visão de mundo. Olha enviesado para a civilização que deixou para trás e se aproxima da gente do sertão profundo; quer conhecer de perto os índios Carajás, seu modo de ser e de viver, sua cultura, sua relação com a natureza. Na nova realidade, procura, em especial, compreender o rio que rege tudo à sua volta. Também, na medida do possível, ajuda os habitantes da região e com eles interage, envolvendo-se em situações – e mesmo perigos – que nunca imaginara, tudo convergindo para seu amadurecimento e para uma gradativa mudança de valores.

Dr. João Luís Ceccantini

Graduou-se em Letras em 1987 na UNESP – Universidade Estadual Paulista "Júlio de Mesquita Filho", instituição em que trabalha desde 1988. Pela mesma faculdade, realizou seu mestrado em 1993 e doutorado em Letras em 2000. Atua junto à disciplina de Literatura Brasileira, desenvolvendo pesquisas principalmente nos temas: literatura infantil e juvenil, leitura, formação de leitores, literatura e ensino, Monteiro Lobato e literatura brasileira contemporânea de um modo geral. É hoje professor assistente Doutor na UNESP e coordenador do Grupo de Pesquisa "Leitura e Literatura na Escola", que congrega professores de diversas Universidades do país. É também votante da FNLIJ – Fundação Nacional do Livro Infantil e Juvenil e tem realizado diversos projetos de pesquisa aplicada, voltados à formação de leitores e ao aperfeiçoamento de professores no contexto do Ensino Fundamental.

Primeira Parte

MONOTONIA

Capítulo Primeiro

A DANÇA DO VENTRE MATERNO

Eta que graças a Deus! Graças a Deus que inspirou os homens. E os homens inspirados aprenderam a fazer as redes que podem ficar armadas a vida inteira, sem que seja preciso arrumá-las, mudar lençóis. E nem sequer criam percevejos. Ah! As redes! Graças a Deus!...

Acho que tenho que me levantar. Acho, não. Tenho mesmo que me levantar. Quero conversar. Dizer qualquer coisa. Mas a moleza está tão macia! Tão doce! É só empurrar o pé contra a parede de pau a pique do rancho e o diabo da rede fica balançando. Aí, o corpo engole a vontade e amolece de novo, completamente.

A preguiça faz o centro da gravidade no meio da rede. O corpo se encolhe no ventre de algodão. Vai pra lá. Vem pra cá. O teto de palha gira, os olhos fecham, diminuem, e por entre os cílios, numa inconsciência sem limites, criam-se elipses douradas de fios de luz. E a luz foge. Os olhos vão fechando mais. Fechando. Fechan...do. Fe...... - chan...-...-...-...d...o...

Estremeço. Eu tenho que me levantar. Preciso mesmo. Será que preciso mesmo? Mas para quê? Por quê?

Vai fazer seis meses, ou oito, que durmo e balanço. Choveu muito. Quase oito meses com o céu rachando e despencando água nos pobres mortais.

O tempo das águas.

Há quem ignore o que chamamos o tempo das águas. É um inferno. Propriamente não é um inferno, porque a gente pode se balançar seis meses numa rede e esperar que a vida passe.

Com a chuva, os mosquitos, as muriçocas, o carapanã invadem tudo. Mas aqui no meu rancho não há perigo. Fica longe do rio e distante da mata.

Da rede, só tenho uma paisagem. Vejo o Araguaia enorme, crescendo, crescendo com a água que o bom Deus nos manda.

Todas as tardes, o preto Virgílio passa, vai colocar um pau, fincando na barranca do rio, pra no dia seguinte ver o quanto o rio aumentou. Se a água cresceu muito, se haverá perigo de cheia.

Quando o rio começa a descer, o preto Virgílio faz a mesma coisa.

E eu fico espiando. Aquilo é vício de todos os anos: colocar o pau para ver o quanto o rio cresceu, colocar o pau para ver o quanto o rio baixou.

Eu vou me levantar. Que horas serão? Meio-dia? Deve ser.

Mas... o que importa o tempo, o espaço, a vida? Nada disso será mais do que um minuto vizinho a outro minuto.

Bem, vou me levantar mesmo. Ou será que ainda não é meio-dia? Talvez ainda não seja. E se eu fosse à venda do Janjão e olhasse o relógio? Não. Não adianta. Pode ser que o relógio do Janjão esteja parado. Nunca vi raça mais preguiçosa do que o Janjão. Às vezes, o relógio passa vinte dias sem trabalhar, porque ele não lhe dá corda. Como é o único relógio do lugar, todo mundo chega na venda e pergunta:

– Seu Janjão, que horas são?

Ele começou a ficar com preguiça de responder e foi parando o relógio.

Se eu enfiasse um pau no terreiro e se a sombra ficasse redonda, seria meio-dia. E mesmo. Mas para quê? Por quê?

Levanto-me de um arranco. As vértebras estalam. Abro os braços acariciando o invisível. Bocejo duas vezes. Ui... Que moleza!

Suspendo as calças. As calças não deviam ter braguilhas. O que vale é não precisar usar mais cinto. Engordei bem uns quatro quilos e a cintura se ajusta na barriga. Se fosse preciso usar um cinto, amarraria logo um barbante, porque é mais prático. Pode-se ter um nó mais rápido.

Coço a barba, o bigode. Que bom! Graças a Deus que há meses não faço a barba. Ninguém faz a barba por aqui. Tão bom, não é?

Eu me lembro que o Chico barbeiro chegou por aqui todo animado. Abriu um salão. Improvisou uma cadeira de braços. Colocou um espelho grande na parede. Arranjou um tamborete. Em cima dele botou umas tesouras, duas navalhas emagrecidas e marrons, uma cuia, um pincel de barba, um... um... como é mesmo o nome daquilo?... Um negócio que borrifa o rosto depois de feita a barba, uns pedaços de jornal cortados em losangos desencontrados para limpar o sujo da barba com sabão.

Ficou um salão mais que luxuoso. Se ficou! Chico barbeiro cruzou os braços e esperou num orgulho de artista. E quase que ficou de braços cruzados para o resto da vida.

O povo vinha contar histórias e ouvir casos. Nada mais que isso. Não que ninguém quisesse fazer a barba. Querer todo mundo queria. É bom a gente ficar com o rosto liso, macio, limpo. Mas cadê dinheiro? Ninguém tem. Ninguém teve. Ninguém terá.

Pra esperar garimpeiro aportar, não era negócio, não. Chico barbeiro fechou o salão. Deu a cadeira, o tamborete. Meteu a tesoura, as navalhas, o espelho, o negócio de borrifar o rosto, meteu tudo no saco da desilusão e abriu unha para Goiás. Barbeiro ali em Leopoldina era mesmo que tomar canja de pinto.

Goiás, a velha capital, podre, pobre, caindo aos pedaços, morrendo de abandono, porque a vaidade do povo se mudava para Goiânia, ainda era negócio para Chico barbeiro. E com toda aquela decadência, a cidade morta ainda lhe renderia uns miseráveis cobres.

Mas que bom! Não preciso fazer a barba e ninguém repara. Também ninguém liga se uso camisa ou não. Graças a Deus!

Estou com coceira no dedo do pé. Bem no dedão. Pode ser até que seja bicho-de-pé. Mais tarde vou ver se é mesmo bicho-de-pé.

Olho da porta do rancho. Minha paisagem se amplia. Eta, dia bonito! Não vai mais chover.

O sol rebenta o dia derramando luz. O Araguaia se vestiu de espelho. Ele que há poucos dias atrás era todo barrento, com nuanças esbranquiçadas, agora se prateou de todo. Somente na sua parte central aparece uma faixa avermelhada, sanguínea. São as águas do Rio Vermelho se confluenciando com as do Araguaia.

A mata do outro lado, na margem direita, está toda esverdeada e úmida. Seus cabelos verdes estão molhados e guardam o perfume da chuva.

Tudo é verde. Uma paisagem verde. O verde nivelando tudo. O verde é o marco das águas que se foram. Se chovesse mais, a mata apodreceria de verdor. Acabaram-se oito meses de chuva naquela paisagem que Deus fez com muita preguiça, no fim do último momento do derradeiro dia da Criação.

Em certos pontos, tem-se a impressão de que existe neve floqueando a copa das grandes árvores marginais: são garças brancas pousadas.

Daqui a pouco, passarão os papagaios e os periquitos selvagens. Farão uma algazarra, rasgando o céu e criando uma sombra negra contra o sol. Eles sempre passam. Ao amanhecer, ao meio-dia e ao entardecer. Vão para qualquer parte onde haja uma roça a devastar. Aqui eles nunca pousam. Ninguém trabalha a terra. Dá muito trabalho.

Não que a terra deixe de dar. Onde já se viu um lugar de Goiás que seja estéril? A terra roxa é tão fértil que só em se pensar em plantar ela germina. Mas ninguém pensa porque dá trabalho.

É a Terra da Promissão. Entretanto, maior que a fertilidade da terra é a indolência dos homens.

Um índio saiu da choça. Eu o vejo bem. É um carajá forte, bronzeado e bem proporcionado. Olhou o rio. Sorriu com os dentes brancos para o céu. Ele sabe que não chove mais. Que as águas vão descer. Que surgirão as praias brancas.

Abriu os braços para o Sol, numa invocação pagã de vida e gritou para dentro do dia:

– *Karajá! Beé Ituera! Biu-é-Teké auititire! Tchu auirá! Dearã Aruanã!*

Voltei para a rede. Balancei-a devagar. Nem fome tenho. Engordei uns quatro quilos.

O carajá está gritando lá fora. Chamando a felicidade para os outros. Anunciando alegria:

– Carajá, a água acabou! O céu está bonito! O Sol é bom! Eu vou dançar. Sim. Aruanã. Dança.

Agora, as praias aparecendo, eles virão morar na beira, na areia branca, ainda molhada, rompendo de dentro das águas. Areia branca é Iara branca que tenta o índio. Que faz feitiço, mas não faz mal.

Ele abandonará a choça que o abrigou durante a chuva, vai descer a barranca e morar na praia.

– Dearã Aruanã!

Sim. Indolentes! Preguiçosos! Não querem trabalhar e fazem bem. Dançar é melhor. Plantar, não. Aruanã. Dança. Seis meses, dançando, rezando, cantando. Indolentes! Preguiçosos!...

Balanço a rede devagar. Vem vindo uma sonolência calma. Os olhos se fecham... A voz do carajá está longe, se perdendo num abandono de infinito:

– Dearã Aruanã!

O corpo amolece, meus joelhos se colam no meu queixo. As sombras deslizam no meu subconsciente. A minha memória se desliga do sentido de existência. Fecha-se mais sobre mim, numa doce calma, o ventre de algodão da rede oscilando nos últimos momentos...

Capítulo Segundo

ASPECTOS

Com o saco erguido e o ombro vergando sob o peso, galguei a barreira.

A respiração afogueava o peito com o esforço da subida e a chuva acariciava o rosto, grudando os cabelos numa só pasta umedecida. Os joelhos tremeram e quase se chocaram. Um nó dolorido se fez na minha garganta.

Meus olhos se derramaram pela paisagem numa emoção perdida.

Aquilo ali era Leopoldina. Uma vila? Uma cidade? Um lugarejo? Ou uma chaga continuada de ranchos esburacados respirando pobreza pelos poros?

Fosse o que fosse, cidade, vila ou lugarejo ou ainda mesmo uma ferida, o aspecto do lugar era antipático na primeira análise.

Minha decepção foi percorrendo morosamente Leopoldina. Porque Leopoldina era aquilo que eu via dentro do limite alcançado pelos meus olhos. Uma certeza magoada me garantia nada haver mais, nada mais do que aquilo.

O que se tinha murmurado a seu respeito se confirmava total na sua pequenez de realidade.

À mesma decepção devia estar invadindo o bom padre Gonçalo. Mas nem sequer ousamos cruzar os olhares. Tínhamos medo de nós mesmos e de confirmarmos a nossa recíproca descoberta.

Casas de sapé, chão de barro, paredes caiadas apodrecendo de umidade e desmazelo. Os ranchos tinham o mesmo rosto que domina as aparências de qualquer vilazinha de Goiás.

Paredes de pau a pique, indiscretamente mostrando a quem chegava – mais tarde tive a confirmação de que só quem chegava podia se surpreender com tudo aquilo – redes armadas e gente se balançando nelas.

De vez em quando, uma cabeça despenteada, uns olhos inchados de sono com um décimo de brilho de curiosidade, aparecia na janela. Ou um corpo se erguendo para nos observar da posição em arco de uma rede.

Um comentário escapava suave, sonolento, de alguém que inspirava simpatia sem bulir ou estorvar com a sua comodidade:

– Graças a Deus que chegô um vigaro!...

À medida que caminhávamos, a cidade se desdobrava um pouco mais no que era possível. Como era de se esperar, havia uma rua principal, onde as casas eram menos maltratadas. Umas até estavam pintadas de novo.

O capim enchia as ruas verdemente. Poças d'água se formavam por toda a parte e se irritavam com os pingos grossos da chuva.

Cortando o capim extenso que atapetava o chão, existia um trilheiro nascido do uso dos pés num só lugar. E por ali passavam e perpassavam todas as espécies de pés e patas. Os brancos, os índios, os cães emagrecidos e as duas tão faladas vacas que o proeiro da embarcação não se cansava de comentar. Essas vacas, que por sinal eram da posse do preto

Virgílio, que por sua vez era o homem mais rico do lugarejo, formavam a totalidade de conteúdo bovino de Leopoldina.

Existia também uma praça, característica de qualquer povoação de Goiás, com um cruzeiro tosco ao centro. Uma igreja pequena que antigamente poderia ter sido branca, mas que agora tomara uma tonalidade baça, sinal da fome do tempo.

Do lado direito, sustentado por uma espécie de armação de madeira, do formato de uma guilhotina, havia um sino entristecido de silêncio e iluminado de chuva. E por cima de tudo, rachado, como era de se supor. Uma escada de uns oito degraus, onde somente três estavam inteiros, porque os outros morreram de abandono e corrupção, se erguia a uma altura de três metros. A sua finalidade era se apoiar na trave principal, para que num dia de sorte alguém subisse e espalhasse a tristeza do som do velho sino rachado.

A corda amarrada ao badalo deveria um dia ter possuído dois metros de comprimento. Hoje se resumia num minúsculo pedaço, colado à boca do sino. O tempo crescia, a corda minguava de velhice.

Depois então, dentro daquelas casas se apoiando umas às outras, por vezes surgia alguma coisa que se assemelhava a vendinhas.

Mais tarde minha hipótese ficou confirmada. Eram vendinhas, sim, onde sempre se reunia um considerável número de gente para passar a chuva, tomar um trago, comentar boatos. Onde sempre surgia alguém puxando sons de um violão. Onde sempre havia um estoque de fazendas baratas desbotando e pencas de banana rescendendo o ambiente.

A chuva caía em grossas canecadas sobre a gente. O lenço de riscadinho do padre Gonçalo ensopava mais a testa do que enxugava a sua angústia. Nem sabíamos o que fazer.

Foi o preto Virgílio quem nos salvou da situação. Convidou-nos para pousar em seu rancho. Mas o padre Gonçalo parece que foi atingido por um raio de inspiração, pois perguntou:

– A igreja tem sacristia, seu Virgílio?

– Tê, tem, sinhô Vigaro.

– Então nós ficaremos lá. É provável que fiquemos comendo em sua casa nos primeiros tempos, seu Virgílio.

O preto se iluminou de felicidade e arreganhou umas gengivas de melancia. Tomou a maleta da mão do sacerdote e enveredou numa direção. A que seria do seu rancho.

A chuva não parava nunca.

Finalmente pudemos nos sentar. E dentro de uma casa. Debaixo de um teto, começávamos a despir a roupa que durante toda a viagem jamais conseguira secar. Experimentávamos uma sensação de conforto, acolhimento e bem-estar.

A camisa, a calça, amarrotadas e enxutas, retiradas do fundo do saco, acariciavam a pele numa sensação gostosa.

O preto Virgílio começou logo uma conversa interessante:

– Seu Vigaro, eu queria lhe dá um aviso.

Ficou um pouco sem jeito, retorceu uns dedos entre os outros, olhou as canelas luzidias surgindo das calças arregaçadas e continuou:

– Eu sube que o sinhô vem trazendo uma saca de café.

– É verdade. Trago, sim.

– Pois intonce vô lhe dá um conseio. Insconda bem ela. Aqui o café se acabô pra mais de meis. Quando dá fé discobre que o sinhô tem essa saca de posse... Num fica nem um grãozinho... O sinhô compreende, o café dá um gosto bão na boca.

Seus olhos brilharam. Suas narinas cresceram sentindo a saudade do cheiro do café. Sua boca se molhou brilhante.

– Então o senhor me guardará ela, seu Virgílio.

– Tá bem.

Esfregando os dedos de satisfação, se encaminhou para a cozinha do rancho.

A tarde morreu na lentidão da chuva e a noite se fez de todo. A chuva continuava caindo e, com a morte do cheiro do dia, o cheiro molhado do sapé aumentava, como surgiam os outros pequenos barulhos invisíveis das trevas.

Escorrendo pelas beiras dos telhados de sapé, os pingos d'água, ligados em correntes, executavam uma zoada parecida e monótona.

Os sapos martelavam ao longe o mistério das águas. Os grilos serravam próximos aos ouvidos. Fora disso, o silêncio se pregara redondo dentro da boca da noite.

Seu Virgílio acendeu um candeeiro. A luz dourou o ambiente rústico e as sombras se retiraram, habitando os cantos da casa. O centro se vestia com a torcida acesa da lamparina.

Na mesa tosca, restos de farinha de puba sobravam dos pratos de ágata onde as espinhas de peixe se amontoavam.

Padre Gonçalo, sentado na rede, bocejou. O sono vinha também subindo de mansinho para os meus olhos.

Firmava a vista e tinha a impressão de que a luz da lamparina respirava, aumentando e diminuindo...

A fala do padre perguntou, sem força:

– Quem se encarrega da igreja, seu Virgílio?

A conversa ia se afastando cada vez mais dos meus ouvidos.

– Tem uma muié-donzela, de nome Rosalina, que tem muito coidado cum a igreja. Veve nela. Arruma ela todo dia. Só num bota frô pruquê num hai.

Na minha sonolência apareceu uma tristeza vestida de solidão e abandono:

– Que tristeza uma terra que não tem flores!...

– Amanhã o senhor pode me apresentar a ela?

– Pois num custa não, seu Vigaro.

Nossos olhos foram se fechando. Padre Gonçalo bocejou mais forte.

Agora, uma dormência avassalante misturava os meus pensamentos. Eu era todo um grande pensamento confuso e cansado, se confundindo, se aconchegando solto no seio da rede.

Estávamos em Leopoldina. Chegáramos. O rancho tinha cheiro de umidade. A chuva lá fora continuava. Continuava do mesmo jeito. Mas não sei se por causa do sono, parecia que ela enfraquecia. Agora a nossa vida ia ser recomeçada. E a terra não tinha flores...

Preto Virgílio passou entre as redes e veio diminuir a torcida do candeeiro. Felizmente íamos poder estacionar na vila tão sonhada pelo padre Gonçalo... Um grito horrendo rasgou a alma da noite. Vinha do lado do rio. O preto Virgílio comentou para a minha letargia:

– A tartaruga está danada com a chuva. Tá gritando lá fora.

Um bem-estar beático me assaltou esplendidamente... Pouco mais, não havia para mim nem ruído de chuva, nem torcida de candeeiro, nem sombra, nem calor, nem grito de tartaruga, nem terra sem flores... Só de real, dentro de mim, era o meu sossego acompanhando os cantares da rede entoando gemidos nos ganchos...

●●●

E a manhã seguinte apareceu semelhante a muitas outras manhãs que se seguiriam, molhadamente.

O preto Virgílio nos acordou com duas cuias de leite e farinha de puba e, ainda mais, um bom-dia sorridente.

Depois falou para o padre Gonçalo, avisando-o de que Rosalina viria conversar com ele mais tarde.

E de fato ela veio.

Desajeitada. Comprida, seca. Com uns braços de caniço. Uma cor de lodo no rosto. Pregas salientes fabricando baixos-relevos na pele embaciada. Uma blusa encardida se ligando a uma saia de xadrez de muitas cores. As pernas também encaniçadas atestavam sinal de mulher faladeira. Era aquela Rosalina despenteada a tal muié-donzela que tomava conta da igreja com tanto carinho.

Beijou respeitosamente a mão do padre. Apertou a minha, de um modo encovado.

Foi logo falando, sem cerimônia:

– Já sube que o senhô Vigaro qué as chaves. Pois tão aqui.

Tirou de dentro de um bolso da saia um molho delas. Penso que nunca vi tanta ferrugem junta. Foi percorrendo os dedos enferrujados entre as chaves. Abriu as gengivas desdentadas num sorriso feliz e murmurou:

– É essa, seu Vigaro.

De repente, notou-se um desapontamento passando naquele rosto. O sorriso se fechou rápido como um leque.

– Não. Num é essa.

O rosto de Rosalina se iluminou de novo.

– Ah! É essa aqui.

O leque tornou a se fechar.

– Uai! Num é essa não.

Eu tive a impressão de que o rosto de Rosalina era um farol giratório. Uma luz se acendendo e se apagando.

Ela acendeu o farol. Mas não era ainda aquela. Fechou o leque, decepcionada.

Então era aquela Rosalina a que vivia dentro da igreja?

A tal que tinha muito "coidado", mas que nem sequer sabia diferenciar as chaves umas das outras? Pelo costume do uso, ela tinha obrigação de reconhecer a chave da porta da igreja de olhos fechados. A não ser que soubesse empregar uma fórmula de: "Abre-te, Sésamo!".

Padre Gonçalo perdeu a paciência.

– Deixe que eu levo, dona Rosalina. Eu, lá, experimento todas.

Ela não demonstrou encabulamento. Muito ao contrário, foi aconselhando serenamente:

– Tá bem, seu padre. A igreja fica lá. É só o senhô marchá em frente. Segui na direção das venta. Se percisá de mim, eu moro pur detráis da casa de Nana.

Depois pensou um pouco e lembrou-se de que talvez o padre não soubesse quem era Nana. Era melhor esclarecer.

– Se o senhô quizé sabê quem é Nana, abasta perguntá. Todo mundo sabe quem é ela.

Franziu a testa novamente. Descobriu na certa que a sua explicação sobre Nana não era completa.

– Nana é a única muié-dama que hai pur aqui...

Agora, sim, estava satisfeita com a explicação. A informação estava completamente perfeita.

Fomos nos afastando em silêncio. Rosalina enrolou as mãos encardidas nos braços, como cipó se acomodando em tronco, e comentou feliz:

– Que bom! Um vigaro! Agora eu vô podê me casá mais João Cabeludo...

Comecei a rir por dentro. Padre Gonçalo fechara o rosto, sisudamente. Com que simplicidade a "muié-donzela" se referia à única prostituta local! Brotou uma vaga simpatia no meu íntimo por Leopoldina. O povo poderia ter todos os vícios. Se podia! Mas para mim não interessava. Também não estava começando a gostar da cidade somente pelo fato de saber da existência de uma prostituta. A minha manifestação de alegria era porque aquela terra dava as primeiras mostras de ser do simples. A única mulher de vida suspeita era recebida ao natural como o ser humano que devia ser. Ou a sem-vergonheza ou a preguiça, nesse caso mais certamente a última, havia aniquilado naquela gente os sentimentos de pejo e os preconceitos.

Debaixo da chuva e da decepção tristonha do padre Gonçalo caminhávamos em direção à igreja. Ele nada me confidenciava do seu íntimo, mas o seu silêncio traduzia a clarividência incerta dos seus desígnios.

Estacamos diante da porta, onde as mãos gordas do padre Gonçalo estudavam a descoberta da chave. Uma daquelas seria a da fechadura...

Até que apareceu a infeliz. A porta rangeu lugubremente e foi nos apresentando o que se passava no interior escuro da igreja pobre.

De imediato, um cheiro desagradável penetrou indesejável nos nossos narizes. Um odor de morcego, de coisa velha, de umidade, bolor e mofo se confundia no espaço. Ainda havia um cheiro muito mais característico entre aqueles odores asfixiantes e enjoativos. Era a rescendência do "sujo" daqueles bichos que esvoaçavam, descrevendo círculos no teto e rodopiando pelos altares. Uma sinfonia irritante de gritos neurastênicos ampliava aquele voo escuro.

Nos altares, as toalhas que não eram mais brancas estavam crivadas de pontinhos negros.

No chão, poças d'água reluzentes estacionavam.

Os santos dos altares, muitos deles mutilados, nos espiavam de dentro de seus olhos botucados. Pareciam ter se acostumado com os montinhos produzidos pelos morcegos sem noção do ambiente sagrado.

Bancos? Talvez com muito boa vontade a gente contasse uma meia dúzia.

Pela primeira vez, o padre Gonçalo manifestou com força uma expressão de desânimo.

Encaminhou-se para a sacristia. Empurrou a porta. O mesmo cheiro de mofo e azedo. De súbito, um ruído enorme rebentou na sacristia.

O padre Gonçalo gritou agoniado:

– Não se mexa, Mauro! Fique duro. São marimbondos...

– Sim, senhor... Que gente!...

Capítulo Terceiro

O SERMÃO DA TERRA

A chuva continuava fazendo a sua vida. O Araguaia começava a crescer assustadoramente. Durante a época das águas, até o rio engordava.

O preto Virgílio passava todas as manhãs para ver o quanto o rio tinha crescido. Depois então saía pastoreando, debaixo da chuva, as duas vacas que constituíam a sua grande fortuna. Aquela fortuna que não causava inveja a ninguém. O povo ali não ambicionava nada dos outros. Porque a própria inveja era capaz de produzir uma indução ao trabalho por meio de uma indução de posse. E então para que invejar?

Mesmo as vacas do preto Virgílio só davam um litro cada uma. O capim verde, o pasto bom e sadio, sobrava por toda parte. Ninguém compreendia aquele mistério, o das vacas só fornecerem aquela quantidade de leite.

Um dos dois litros se destinava, invariavelmente, para o padre Gonçalo.

E assim a vida ia passando. Caminhando desajeitada.

Dois dias depois, já conhecia Leopoldina de cabo a rabo.

Foi então que a verdade se positivou definitiva sobre as minhas desconfiadas suspeitas.

Não havia um quintal. Não havia uma casa onde se plantasse qualquer coisa. Nem um pé de couve. Nem mesmo a transplantação de uma touça de banana. A banana que aparecia por ali nascia só e nativamente. Dava, assim, milagre da terra e pela facilidade de essa fruta se reproduzir sem o cuidado que as outras plantas requerem. Era a natureza sozinha que plantava.

Além de um jenipapeiro secular e enrugado, existiam também três pés de laranja, cujas folhas não definiam a espécie e cuja idade perdera a memória de qualificação nelas. Eram laranjas apenas. Aquilo, à semelhança de arbustos mirrados, aparecera por obra dos avós. Nada, além dessas fruteiras, havia sido cultivado pela mão do homem.

E as três laranjeiras, mirradas, branquicentas e úmidas, num canto de uma das ruas, ainda conseguiam produzir uma meia dúzia de pequenos frutos. Sim, pequenos frutos que nem sequer amadureciam. A primeira mão que passasse, o primeiro olhar que os visse, o primeiro desejo despertado, e morreriam na boca ávida de um branco, de um índio ou de um preto.

E pensar que um dia... Sim, um dia. Um dia que se perdeu na confusão da memória do tempo...

Os brancos vieram. Chegaram cheios de sonhos, querendo construir uma cidade futurosa, um porto confortável às margens do Araguaia.

E eles, os que chegavam, vinham sem ignorar a indolência mal-afamada dos índios Carajás.

Traziam um acondicionamento de energias e muita fé no futuro.

...Os silvícolas teriam que trabalhar.

...Teriam que produzir como qualquer homem normal.

...Teriam que...

...Teriam...

Mas a distância... A chuva... O verde da paisagem... O peixe... A rede... Depois, novamente o peixe que se pescava tão sem dificuldade... A vida tão sem calos do índio... O cheiro tão convidativo e apetitoso de um interior de rancho...

E mais, a desnecessidade do uso da camisa. O rio que passava tão calmo nas suas águas...

A vida bem que poderia adquirir aquela calma indiferença do rio.

Ora, que estupidez pensar em fazer o índio trabalhar!...

Eles não tinham a sua vida própria? Não pescavam? Não fabricavam as suas esteiras? Não trabalhavam o barro, transformando-o em ornatos coloridos? Suas peças de cerâmica? Não transformavam o babaçu em óleo para besuntar e embelezar o corpo bronzeado? Não construíam as suas taperas? Não eram donos de suas crendices naturais? Não observavam os seus preceitos, os seus hábitos, as suas danças? As embarcações que singravam o rio não eram produto do esforço de seus braços?

Bem, lá isso era...

De mais a mais, aparecia o tempo das águas. E o céu se derramando seis meses, oito meses, em contínuos baldes de água, que inundavam tudo e apodreciam a vontade.

Nem se podia fazer coisa alguma nessa época.

Como obrigar a trabalhar uma gente que tinha uma vida de acordo com as suas necessidades mais próximas? Cujos problemas eram tão precários que já traziam a solução nas suas autoexistências?...

Convencê-los de que a enxada era mais agradável do que a pesca? De que arar os campos, derrubar a mata, brocar as roças, era mais suave do que a doçura morna de uma esteira no interior do rancho?...

Para tanto, era preciso que não existisse sol, que a seiva não esverdeasse as árvores, que o branco não colorisse as praias e que nas gargantas se afogassem os cantos... Quem poderia trabalhar com tanta paisagem enchendo o peito, a alma e embalando o coração na própria calma do ambiente?...

...E, no começo, os brancos construíram. Houve força coordenada para elevarem uma igreja. Energia para uma rua principal, uma praça, outras ruas não tão bem cuidadas, um cruzeiro mal-acabado, fincado no centro da praça e defronte da igreja.

Fizeram mais um esforço e tentaram abrir outras ruas. Outras ruas que teimavam em não ter os mesmos sintomas da rua principal.

E o índio espiando tudo com a curiosidade de séculos. Os olhos mongóis, doentes de expectativas. Ávidos de novidades. Sorrindo de um esforço, quando eles por instinto descobriram que naquela coletividade de esforços se recalcava o inútil de cada um.

O rio continuava sempre rolando. Calmo. Despreocupado. Tucunaré dava pulo de meio metro fora d'água. A superfície se arrepiava nervosamente de tanto peixe se mexendo...

Um dia, um branco experimentou armar uma rede na barranca e jogar um anzol dentro d'água. Puxa! Meu Deus! Como era bom pescar e quanto peixe sobrava no velho Araguaia!

Outros brancos experimentaram. Gostaram.

E o índio sabia de tudo aquilo? E tudo aquilo muito antes, muitos séculos antes deles?

E os índios sabiam de muitas outras coisas. Por exemplo: dançar o Aruanã seis meses sem interrupção. Usando um processo interessante de substituição. Emendando aquele tempo todo. Dia com dia. Sol com sol. Noite com noite. Lua com lua. Estrela com estrela. Dançando e cantando. Cantando e dançando. Dançando e cantando...

Depois vinha a chuva. O rio enchia. O peixe sobrava. O violão funcionava. A cachaça amolecia a vontade e balançava a indolência das redes.

E o branco e o índio aprenderam a beber no mesmo copo a mesma quantidade de álcool. E foram se completando mutuamente. Era o contágio dos copos. O branco sentindo que nas suas veias já não funcionava o mesmo sangue de desbravadores. E sim uma indolência morna, gostosa, macia, suave, arrepiando a pele que se roçava no algodão trançado das redes.

Ai! Que bom!

O índio aprendeu a dar estalos com a língua, satisfeitos, voluptuosos, paradisíacos, ardentes... Se esqueciam que tinham surgido das águas e se perdiam doidamente naquela arte de beijar a cachaça nos lábios dos copos. Ai! Que bom!

...Por isso as laranjeiras não cresceram mais.

E o pé de jenipapo colocou-se enrugado no centro do vilarejo, como a marca estacionária de um progresso parado.

Mas a terra roxa estava ali. Bem ali. Diante dos meus olhos. Bastando somente um pequeno sacrifício. Como se fosse possível chamar de sacrifício remexer a terra.

Para aquele povo o fora. Para aquela gente, ainda o era.

E aquela terra de uberdade, roxa, fértil, nova, que por qualquer coisa fecundaria, por qualquer gota de suor, continuava assistindo gerações passando para gerações a enxada da indolência.

A terra está adormecida, chorando de chuva, e os homens se esqueceram que ali fora a Terra da Promissão...

●●●

No fim da vila, separada por um braço fino de água, fica situada a aldeia dos índios carajás.

Há uma tabuleta proibindo a visita dos brancos à aldeia. Mas ninguém se incomoda com isso. O branco vai lá. O índio vem cá. Por que proibi-los agora, quando eles, promiscuindo-se, formaram o tão conhecido pacto da pouca civilização: o branco apodrecendo de preguiça e o índio aumentando o seu cabedal de vícios?

•••

Mas era preciso vencer aquilo! Era preciso!

Pensava assim o padre Gonçalo. Assim pensava eu. Discutimos planos. Forjamos estratégias. Arquitetamos ideias novas. E baseados numa prévia combinação, resolvemos que iríamos fazer qualquer coisa que despertasse o ânimo adormecido naquela gente... No domingo... Sim, no domingo, o padre Gonçalo faria um grande sermão, cujo assunto principal seria a preguiça.

O domingo chegou. Eu, a custo, bancando o saltimbanco, consegui galgar dois degraus da escada – sim, porque o terceiro se despregou com o meu peso – e badalar o sino. No começo, não sei se pela falta de hábito, o sino me pareceu mudo. Mas depois repercutiu fanhosamente por dentro da chuva e das casas adormecidas.

Era o convite para a missa das seis.

Apesar do tempo, a igreja se encheu. A missa começou. O Evangelho apareceu. Eu fremia de impaciência pelo momento do sermão. A hora por que tanto esperara.

O padre se virou. Sua testa estava enrugada. Notei o grande esforço que o meu amigo padre Gonçalo fazia para impressionar os ouvintes. Ele mesmo sabia e eu esperava que não falhasse.

O povo se acomodou. Um silêncio percorreu todos os ângulos da igreja. Saias coloridas roçaram o chão. Lenços embolorados espanejaram os bancos. Olhares ansiosos. Velhas estáticas. Índios despidos na porta da igreja. Negros devotos. Aquele era o público, o primeiro público do padre Gonçalo.

A sua voz rebentou no começo um pouco trêmula. Continuou solene. Tornou-se heroico. Convincente. Bravio. Impetuoso. Sua voz agora ressoava, impressionantemente forte.

Atacou a preguiça como pecado mortal...

Mostrou o inferno de horrores que esperava pelos preguiçosos.

Comentou a riqueza da terra.

Emocionou-se. Abriu os braços. Incitou. Instigou os homens, as mulheres, as crianças no cultivo promissor da terra. Então, ante os meus olhos emocionados, uma cena maravilhosa se passou. Notei que os homens se entreolhavam. E nessa troca de olhares aparecia uma única compreensão e também o propósito de uma nova vida para o trabalho. Uma recriminação sublime aos instintos criminosos da preguiça.

Sim, eles reviviam. Eles ressuscitavam. Reconheciam os erros cometidos. Os anos de indolência que privaram a cidade de uma civilização triplicada percorreram e se traduziram nas suas cabeças, que se abaixavam humildemente. Havia um mundo de promessas. Um mundo de esperanças naqueles olhos tristes e descansados. Sim, firmes propósitos. Resoluções. Tudo. Tudo. Tudo...

Mas tudo não passou de um propósito firme nascido num momento sentimental, emocional, de um sermão inflamado...

Nós compreendemos decepcionados que não havia jeito mesmo. Os homens estavam perdidos. Perdidos dentro de um paraíso de probabilidades.

Eles reconheciam que o padre devia ter razão. Mas chovia tanto...

Era melhor esperar na rede que a chuva passasse. O Araguaia continuaria dando peixes sem cobrar. A cachaça apareceria sempre nas vendas como por milagre. O violão gemeria dentro das noites à sombra da luz das lamparinas, no interior dos ranchos...

Quando a chuva passasse... Sim, quando a chuva passasse... É... Talvez... que quando a chuva passasse...

Capítulo Quarto

DJOÉ

Arranjei um rancho bem longe. No fim da cidade. No meio dos brancos e dos índios. Porém, um pouco mais perto dos índios.

Cansei-me de morar na umidade malcheirosa da igreja. Fui expulso da sacristia pelo odor nauseante dos velhos castiçais azinhavrados, pelos estandartes desbotados dos santos, todos escorreguentos de molhados, pelo bolor dos móveis e pelo resto do cheiro doce das últimas casas de marimbondos.

Do meu rancho, eu sorvia ar puro, ar verde, função clorofiliana, já que eu me tornara uma hera enrodilhada numa rede.

Dali, quando os meus olhos se abriam, durante todo o dia, eu enxergava o Araguaia se dilatando cada vez mais por causa da chuva.

Continuava amigo do padre Gonçalo e frequentemente o encontrava. Se bem que essas frequências fossem se afastando umas das outras. Doía-me observar o abatimento do bom sacerdote.

Chamavam-me agora de doutô. Não me incomodei com o novo título, desde que não fora saído da minha boca e não prejudicava a ninguém naquela terra viçante de ignorância.

Inconscientemente fui criando uma ascendência moral sobre aquela boa gente.

Quando me aparecia um caso de maleita, receitava uma dose de quinino e conseguia algum extrato hepático com o padre Gonçalo. Quando era uma infecção, lá vinha a aplicação de sulfanilamida.

Fiz curativos em muitas feridas. Fiz por fazer. Não adiantava pensar em dinheiro e muito menos em angariar donativos para o meu céu.

Desumano seria se não me tornasse útil aos meus semelhantes, que necessitavam de um conhecimento miúdo que eu podia proporcionar.

Fui sendo simpatizado. Ali, se eu curava era por sorte. Os remédios não tinham muita variação. Depois não era difícil fazer curas no sertão, onde Deus sempre dá o frio conforme a coberta.

É verdade que tive um caso difícil por causa das condições de remédio, já citadas. Na civilização qualquer um faria aquilo de olhos fechados. Foi quando Luís Carajá recebeu umas furadas na barriga. Aliás umas furadas bem merecidas.

Luís Carajá era o tipo de índio ruim e de má fama. Peste mesmo. Dessas criaturas que, na sua condição, se civilizam demais.

Aquele caboclo, num instante, aprendia as coisas, adquiria tudo quanto de ruim exalava da tara branca. Era inteligente, sem dúvida.

Descobrira que o Serviço de Proteção aos Índios não tinha permissão de os punir, porque os índios eram considerados menores. Começou por zombar do número insuficiente e mal remunerado dos componentes do Serviço.

Passou a morar no meio dos brancos. Tinha uma força terrível. Já trabalhara numas fazendas no sul de Goiás e possuía um abecê respeitável.

Todo mundo sabia que ele derrubava boi com uma bruta facilidade.

Tomava cachaça como grande acostumado do álcool.

A vaidade cantou aos seus ouvidos que ele era dono daquele lugar e tornou-se então uma sombra negra. Ninguém podia fazer uma festa, dar uma dançação, que ele não aparecesse por lá para fazer arruaças. Aquilo foi esquentando a paciência dos outros. Um dia... E esse dia chegou.

João Cabeludo parece que descobriu, e não se sabe por quê, que era dia dos seus anos.

Resolveu dar uma festa. Arrumou cachaça, convidou uns amigos, embelezou o rancho com folhagem de bananeira e leques de palmeira de buriti. Ficou uma lindeza. Vieram as damas. E debaixo da noite... Debaixo da noite, com chuva por fora do rancho, a festa começou.

Um violão gemeu. Alguém cantou. Uma sanfona contorceu-se. E o som da música chegou até à minha rede, no rancho. Música! Música pobre, cantos bárbaros e primitivos. Mas era doce, nos embalos da rede, a gente ouvir um violão ao longe, dentro da noite. Os ouvidos se abriam e chegavam até a mim o chiado dos pés no chão e a alegria confusa de vozes que sussurravam com a distância. A sanfona requebrava malemolente, os aplausos estrugiam felizes e as vozes se juntavam num canto cheio de alegria.

Luís Carajá soube da festa e ameaçou que iria acabar com ela. E foi mesmo. Chegou lá dizendo palavrões. Desrespeitando as moças, exibindo gestos feios.

João Cabeludo, como dono da festinha, chamou a atenção do índio. Mas ele se enfureceu. Atacou o rapaz, alucinado. De repente só se ouviu um grito e Luís Carajá que caíra de lado, ensanguentado.

Do meu rancho, ouvi que a festa paralisara e continuei balançando a rede sem fazer deduções.

Alguém chegou correndo, patinhando por dentro da lama, e me chamou.

– Dotô! Dotô!

Levantei-me e acendi a lamparina.

– Que é que há?

– Depressa, dotô, que furaro Luís Carajá. Depressa que ele tá morrendo!

Apertei as calças. Nem sequer botei uma camisa. Joguei o chapéu de palha sobre a cabeça e me meti, com os pés descalços, pelas poças de lama, sentindo a chuva escorrer sobre os meus ombros.

No caminho, o homem que eu reconhecia agora como o filho do velho Libânio ia me contando a história. Terminou dizendo que João Cabeludo tinha pegado uma canoa e "abrido à unha" Araguaia abaixo.

Chegamos. Havia uma confusão tremenda. O cabo Milton e o chefe do Serviço de Proteção aos Índios gesticulavam, gritavam, repetiam ordens. Tudo sem nexo.

Padre Gonçalo também fora chamado e tentava acalmar.

Havia mulher chorando assustada.

Vieram outros índios carajás e temia-se que houvesse um conflito de maiores proporções. Mas isso nem passou pelas cabeças dos silvícolas. Eles mesmos reconheciam que Luís Carajá não prestava.

Afastei gente e entrei. Pedi silêncio. Examinei o caso de perto, tomando uma seriedade que contrastava com as minhas risadas interiores. Ria da minha farsa. Ria do meu fracasso. Ria da minha pose. E sobretudo porque não havia um espelho onde eu pudesse demonstrar para os meus olhos o tamanho da minha máscara. Somente num lugar perdido, encravado nas brenhas de Goiás, uma cabotinice daquelas se manifestaria em mim. E talvez que fosse preciso tanto. As lembranças me contavam que na cidade eu era um medroso, um indeciso, um fraco. Entretanto, ali, com que facilidade eu me impunha!

O silêncio se fez imediatamente. Olhei em volta da sala. Divisei as mulheres choradeiras, apertando o ambiente, molhando o salão da festa, como se não bastasse a chuva lá fora.

Pedi, ou melhor, ordenei imperativamente que fossem retiradas as mulheres. Somente uma velhota permaneceu e, se eu não cortasse secamente a sua intromissão, teria atrapalhado tanto quanto as outras.

– Dotô, quem sabe se um purgante não...

Não deixei que ela terminasse, fazendo-lhe sinal para silenciar.

Arranquei a camisa do índio. Desabotoei as calças. Olhei para o padre Gonçalo e disse que não era nada perigoso.

A notícia saiu da sala e percorreu em franco zunzum por entre as mulheres que mesmo debaixo da chuva tinham ficado para esperar o resultado.

Apanhei o vidro de água oxigenada que naturalmente pertencia ao padre. Comecei a remover o sangue exterior. O índio chorava, gemia, dando sinais de uma grande covardia inesperada. O que contrastava muito com a sua temeridade em acabar as festas. Comecei a me recordar dos índios indômitos, bravios, valentes nas dores, dos romances de José de Alencar, aos meus dezoito anos. E que bonito o que se lia!

Mas, ali, estava um poltrão, pusilânime, covarde, chorando como criança.

Entreabri a boca da furada. O talho tinha sido grande, mas era superficial.

Nem sequer tive a caridade de limpar, fazer o curativo com delicadeza.

Aquele desgraçado tinha que aprender. Era o meu método, parte de uma explicação necessária. Estanquei o sangue maldosamente, brutalmente, com uma mecha de algodão, abrindo a boca do ferimento com os dedos, porque não existia pinça.

O índio virava os olhos. Podia ser até que doesse um pouco, mas não me importava.

Retirei a mecha e sequei a ferida. Coloquei sulfanilamida em pó, uma gase amarelenta por cima e prendi-a com um esparadrapo que, de tão velho, era preciso esquentá-lo na luz da lamparina.

Aquilo bastava. A natureza que consertasse o resto.

Uma semana depois, ele ficou bom. Quase bom. Nunca mais ameaçou as festas. Criou um respeito enorme por mim. Depois, quando se restabeleceu completamente, soube que Luís Carajá tinha ido embora de Leopoldina, descendo tristemente o rio.

Esse foi o único caso grave que me aconteceu.

•••

Das poucas vezes que visitava o padre Gonçalo, tentava disfarçar, não perceber o desânimo que se avantajava nele.

Ele continuava a dizer as suas missas. Se bem que agora às sete e meia. Para que levantar-se mais cedo e dizer uma missa onde havia a probabilidade de aparecerem somente duas pessoas, além das cinco beatas costumeiras que teimavam em ir para o céu?

Eu não ignorava que ele conversava com o povo e teimava em falar sobre roças e cultivos.

Da minha parte, desistira. A resposta seria a mesma eternamente:

– Pra semana, seu padre. Deixa amiorá as maleita de Rosa...

– Agaranto, dotô, que quando a chuva passá...

Sim, a chuva havia de melhorar, doutor. Paciência, era assim que eu me consolava. Até que chegou aquele desinteresse branco.

Os homens ficavam esperando que um deles desse o início. Desse o exemplo... mas ninguém resolvia e também a chuva não passava nunca.

Por trás do desânimo do padre Gonçalo, descobri uma coisa que me atacava também.

Todas as tardes o padre ia "estudar" na sacristia... Sim. Mas estudar com as janelas tão fechadas? Num lugar tão silencioso? Com a chuva fazendo aquele barulho embalador lá fora? Hum!...

Pois é.

Não sei se pela facilidade de engordar ou se pelos litros absorvidos das vacas do preto Virgílio, que continuava a medir as águas, o fato é que o padre Gonçalo engordava a olhos vistos... e eu também.

•••

Os dias iam se arrastando numa marcha lenta sem novidade. Uma grande paz de espírito me invadia. O ambiente me devorava de fora para dentro. Nada significava nada.

A água descendo do céu. O rio correndo. As redes balançando dentro dos ranchos.

Uma tarde, apanhei uma vara de pesca e me sentei numa barreira, pescando. Descobri que era uma delícia pescar, mesmo debaixo da chuva. E quase todas as tardes lá ia eu, com a vara de pesca pendurada no ombro esquerdo, a caminho do rio...

Os índios vieram se aproximando de mim. Aos poucos, fui adquirindo um relativo conhecimento da língua carajá.

Era pitoresco estudar certas extravagâncias de seus costumes.

Houve um índio que criou verdadeira afeição por mim. Chamava-se Djoé. Djoé era um velho índio. Se não fosse a dificuldade oferecida quando se pesquisa o rosto de um índio, eu tentaria adivinhar a sua idade. Por isso apenas tentei aproximar os meus cálculos. Devia ter perto de setenta anos. Sua pele bronzeada era pouco enrugada. Os seus cabelos negros eram os mesmos dos seus vinte anos. Os dentes bons, se bem que amarelados. Os olhos se perdendo em amêndoas e o riso, rouco.

Aqueles olhos pequenos na inexpressibilidade acompanhavam o que a sua boca e a sua imaginação iam contando.

Ele era índio, mas não fora criado no seio dos seus. Passara a mocidade numa fazenda.

De vez em quando sentia saudades do rio e dava fugas, suavizando seus instintos nativos...

Djoé me explicava tudo e sempre depois de nossas palestras, que geralmente se davam ao entardecer, fazia presente a ele de um pedaço de fumo.

Apenas dormia no meio dos índios, pois gostava mais da vida dos *toris* (brancos). Falava o português correntemente e sabia despertar interesse por tudo quanto contava.

– Djoé, por que os carajás usam aqueles círculos embaixo dos olhos?

– É a marca da raça. Chama aquilo *omurarê*.

– E o que é *omurarê*?

Ele disfarçava e dizia que não sabia.

– E como é que se faz o *omurarê*?

– Encostando a boca apagada do *aricocó* (cachimbo) no rosto. Depois, na marca que fica, corta com espinha de peixe. Depois, bota mistura de jenipapo com erva de mato. Não sai mais. Até desinchá, o índio não come, não se banha, nem fala. É lei.

– E esse círculo que você tem no braço?

– É marca pra homem. Mulhé num tem.

– É verdade, Djoé, que o major Sant'Ana criou você?

– É. Ele me apanhou pequenininho e tomou conta de eu.

– Ele era bom, bom para você, Djoé?

Ele abaixou os olhos e contraiu duramente os músculos do rosto inexpressivo...

Capítulo Quinto

O MAJOR SANT'ANA

Como era domingo, deu-me vontade de ir à missa. Não sendo ainda sete horas, enfiei-me porta adentro do boteco de Janjão.

A missa seria lá pelas sete e meia, sete e trinta e cinco, oito horas. Talvez às oito e quinze. Aquele padre Gonçalo...

Encostei-me no balcão e comecei a conversar qualquer coisa sem a mínima importância. Conversa de manhã de chuva com restos de preguiça da noite.

Janjão já estava acostumado com palestras daquela natureza. Frases para encher o saco do tempo.

De repente ele deu um sorriso triste. Fui acompanhando o brilho dos seus olhos e nem foi preciso que ele me dissesse: "Veja, doutô!"...

Arrastando os pés por dentro dos charcos d'água. Todo encolhido. Parecia até que os ombros se confundiam com o pescoço por causa da chuva. Cabeça raspada em desabrigo. Quase cego. O major Sant'Ana caminhava tropegamente.

Aquele homem é o resto amassado, encarquilhado, de uma parte da vida de Leopoldina. Todo mundo conhece o seu passado.

Hoje ninguém o odeia. O povo tem piedade de sua marcante miséria ao vê-lo caminhando tropegamente nuns velhos pés inchados, quase cego, para ir implorar a Deus perdão dos seus pecados. Ele é um marco, uma prova, um símbolo de uma era de crueldade e sangue.

Vive abandonado num rancho, cercado de fantasmas de sangue. Cego para a vida, lúcido de recordações, enxergando a sombra avermelhada dos seus fantasmas.

Aquele farrapo nauseabundo, caminhante, tem uma história. E que história!...

...Há muitos anos passados, quando a mocidade floria naquele corpo negro, ele chegou ali.

Armou a sua tenda de perversidade e inconveniências no meio das outras casas, e que eram bem poucas.

Leopoldina, indecisa, respirando os primeiros sinais de vida e se civilizando medrosa, erma, abandonada por assim dizer, separada das outras cidades vivas de Goiás, tinha pouco mais idade do que o major Sant'Ana.

Naquele tempo, os que ali aportavam descobriam a insegurança na primeira análise do olhar.

Era inconcebível o temor da cidadezinha em se desenvolver. Tão pequenas eram as mostras de adiantamento e civilização.

E os anos iam passando, passando até chegar ao que hoje é. Nada de evoluir. Quase cem anos de vida que oferecem a qualquer um que aporta o mesmo cenário persistente, de desalento e penúria, de preguiça e de fracasso...

Com vinte e poucos anos e um sorriso sardônico e imoral pendurado nos grossos beiços, Sant'Ana imperou mantendo um reinado de terror.

Encontrando pela frente um povo de sentimentos fracos, amolecido pela preguiça e pelo álcool, tratou logo de organizar as suas vantagens. Aquela gente nem tinha coragem de odiá-lo. Temia-o apenas e era o bastante.

Porque, com o corpo de gigante, os braços fortes e a maldade mordendo a alma, ele despejava vinganças friamente.

A chibata no punho, o olhar arrogante, o peito entufado, o descobrimento do medo favorecido pela própria audácia e o destemor pela morte fizeram dele um sanguinário recalcitrante.

Nada impedia a sua fúria. Nada evitava o fogo dos seus instintos primitivos. Nada poderia tolher a tara dos seus maus costumes.

Não chegava a ter inimigos, porque os eliminava imediatamente. Tinha capangas que o obedeciam.

E mesmo... as matas que circundavam o vilarejo estavam ali como uma realidade, cheias de sombras que silenciavam. A terra era virgem de policiamento e de lei.

Uma faca arremessada do meio da mata. Uma paulada seca, proporcionada pela borduna do próprio índio. Um tiro traiçoeiro partido da boca de um trabuco resolviam as coisas sem manchar.

Depois, ali estava o Rio Araguaia, infestado de piranhas e de jacarés. Um corpo não chegava a boiar cinco minutos. As piranhas puxavam-no para o fundo, arrancando-lhes lascas de carne. Até os ossos se sumiam. Não sobrava sequer uma mancha rubra sobre as águas.

Até hoje ninguém gosta de comentar e se benze quando alguém lembra a história de Rodrigo, um botequineiro pacato, que diziam possuir olhos de boi manso.

Pois Rodrigo era dono de uma mulher alva como as areias da praia e que tinha os cabelos laranja e que também se chamava Rosalva.

Major Sant'Ana gostava das areias brancas das praias.

E Rosalva era uma areia que além de muito branca deveria ser quente.

Começou a se engraçar por ela. Rosalva, por medo, temendo grandes e desagradáveis consequências, sentiu aquilo, mas não contou para o seu homem. Sabia que, mesmo havendo uma reação de sua parte e outra maior ainda do lado de Rodrigo, o major não desistiria.

Quem desiste da fome do sexo? Quem?

O sexo do preto mordia, gritava, pedia socorro, mastigava, ruminava lentamente o desejo.

E Rodrigo ignorando tudo.

Um dia a coisa aconteceu.

O major Sant'Ana apareceu.

A tarde era seca. O botequim estava vazio. Rodrigo por trás do balcão rabiscava umas contas num papel de embrulho. Sua matemática primitiva dificultava uma série de somas riscadas e as novas parcelas iam se juntando sem noção de continuidade e realização.

Ao seu lado, Rosalva cosia uns panos.

O preto entrou. Rodrigo ainda sorriu para ele, inocente de tudo, oferecendo os préstimos numa linguagem de olhos.

Mas Rosalva empalideceu. Tremeu os lábios.

Sant'Ana chegou. Debruçou-se sobre o balcão tosco. Com um gesto longo, arrancou a faca da guaiaca e cravou-a na madeira. Riu com os beiços grossos e principiou a falar molemente:

– Seu Rodrigo, todos nóis sabe que ocê é um xujeito feliz...

Rodrigo prendeu a vista entre a faca e os lábios se movimentando. Esperava por qualquer coisa desagradável.

– Todos nóis sabe...

Fez uma pausa e acrescentou:

– ... que ocê tem uma muié muito bunita...

O botequineiro foi-se levantando devagar. Deixou a folha das contas e o lápis rolou do balcão para o chão. O ódio ia aumentando nos seus olhos espantados. Ficou escutando o resto.

– Pois é. Mais aqui quem manda sou eu. Sou o galo desse terreiro. Ocê sabe disso, não? Pois eu vim, móde buscá sua muié... Ela vai deitá mais eu...

Um pavor se estampou nos olhos de Rosalva. Rodrigo endoideceu. Saltou o balcão. Ele era pacato, mas também era muito homem.

– Arretira o que tu disse, seu nego desgraçado!

Mas não pôde fazer mais nada. Os capangas do major invadiram o interior do boteco. Eram muitos contra um só, tolhido pelo desespero. Então ele apanhou muito.

Rosalva assistiu a tudo de olhos esbugalhados. Um único grito dolorido de terror ficou asfixiado na sua garganta. E não podia fazer nada contra aquela malta de brutos se despencando sobre o homem com quem se ligara.

Foi apossada de um ódio imenso e de nojo. Acompanhou instintivamente e em silêncio os homens que arrastavam seu marido. Viu que se dirigiam para a praça e os foi seguindo. Sim. Via tudo. Como testemunha muda, não perdia uma só cena. Até mesmo quando os homens amarraram Rodrigo no cruzeiro. Quando as chicotadas iam se sucedendo umas às outras. O chicote estalava, descia sobre o corpo arrancando pedaços de roupa com carne grudada. Fechava os olhos e a roupa diminuía. Abria os olhos e o corpo de Rodrigo se transformava numa posta sangrenta cada vez maior.

Rodrigo pendeu a cabeça. Estava nu. O peito peludo à mostra já não tinha outra cor que não fosse a do sangue. Eram pelos vermelhos escorrendo.

Major Sant'Ana ria, balançando os beiços grossos, chocalhando os dentes brancos, gozando o espetáculo.

De repente tomou uma iniciativa. Rompeu o círculo de gente que assistia ao ato fúnebre e que não tinha coragem de impedir aquele crime, apanhou uma chibata e mandou que os outros parassem de bater.

Voltou-se para os capangas e, como se fosse perpetrar um ato heroico, rosnou pausadamente:

– Eu vô arrancá os troço dele...

Afastou-se dois metros, dobrou o braço, apontou o alvo e soltou o chicote. A fibra torcida dançou no ar, dando uivos e cortando imediatamente as carnes de Rodrigo, como se fossem navalhas.

Foi arrancando o sexo de Rodrigo, aos pedaços, compassadamente, acompanhado por um coro de uivos bestiais de admiração.

Rosalva viu tudo. Nada disse. Nem chorou sequer. Major Sant'Ana abaixou o braço. Seu corpo estava molhado de suor. O peito ofegava enormemente. Parou. Riu. Limpou o rosto molhado.

Encarou novamente de um modo arrogante, desafiando a pequena população de Leopoldina. Depois ordenou para os seus homens:

– Tire isso daí, mode num manchá o cruzêro!...

Os homens obedeceram. Desamarraram aquela posta de sangue que já tinha sido um homem também. Enrodilharam os chicotes em volta daquela massa de carne que aqui e ali conservava um pedaço de pele. E foram arrastando o que sobrara de Rodrigo para a barranca do rio.

Uma linha de sangue fazia rastros na terra.

Lá embaixo estava o Araguaia, mudo e cheio de piranhas.

Sim, piranhas vermelhas. Iam jogar o corpo nas águas do rio e depois nem uma prova sobraria daquele crime.

Um... dois... três... Mas o corpo não caiu só. Não caiu, não. Um outro vulto se projetou da barranca para as águas do rio e se abraçou com os restos, antes que submergissem.

Tinha sido Rosalva, que era branca como as areias da praia. Os corpos nem boiaram quase. As piranhas foram puxando. As carnes se sumindo na voracidade de dentes afiados...

Pouco mais, nem uma sombra vermelha ficou sobre as águas. O rio se esquecera do caso.

De noite, o povo horrorizado fez uma reza por alma dos infelizes e dizem que o major Sant'Ana assistiu a ela também...

O major Sant'Ana era assim. O caso de Rodrigo amedrontou ainda mais o povo. E o predomínio do terror cresceu.

Muita gente perdeu a vida. Muitas moças, a virgindade. Muito índio carajá, sua mulher.

Somente o rio continuava indiferente à sua rota. Também perdia, é claro. Perdia as suas águas, mas recuperava no ano seguinte, quando viesse a chuva.

Continuava o rio a descer. Contando as histórias tenebrosas de Leopoldina para as selvas distantes.

Os anos foram se passando...

Ninguém queria povoar a cidade de Leopoldina. Os forasteiros tomavam outro rumo, quando dela se aproximavam.

A fama rubra da cidade percorria incansavelmente os sertões e perfurava os gerais mais distantes.

Em compensação, major Sant'Ana foi povoando a terra. Enchendo a cidade e as margens do Araguaia de filhos de diversas espécies e colorações. Estabelecendo uma promiscuidade de raças.

Os seus filhos vagueiam pelas brenhas e vivem uma vida de sertanejo comum. Não têm a perversidade do negro. Uns se conservam em Leopoldina, outros foram descendo e se grudaram por outras plagas do Araguaia... São bons, apesar da mistura das raças e da diferenciação da cor.

Estranho que de uma mistura de raças, onde os seres uniam a preguiça com a crueldade, o medo com a ignorância, a ingenuidade com os instintos bestiais, só se poderia esperar um produto legitimamente deteriorado. Mas, não, a triste experiência deu um resultado negativo que, felizmente, para os seres humanos e semelhantes, tomava a melhor forma de positivo.

Major Sant'Ana impediu a seu modo que Leopoldina crescesse. E aqueles habitantes, medrosos, covardes e inúteis, se misturaram com o índio. Adquiriram a sua indolência e tendências malsãs para formar o povo simplório que hoje ali existe. Uma gente que sabe contar causos de uma maneira fértil e contagiante. Que sabe segurar com destreza o braço de um caniço. Cantar noitadas de cururu. Ou mesmo se balançar pacificamente numa rede...

E o reinado de major Sant'Ana, como se acabou? Com o tempo, simplesmente. Esse mesmo tempo que passou indiferente como as águas do Araguaia.

O major foi ficando velho.

Os remorsos adquiriram maior relevo com a idade.

E como todo velho, principalmente o negro, traz no sangue uma vasa enorme de superstição. As lembranças torturantes do seu passado aumentaram ainda mais esse dispositivo. Veio o medo dando o braço à velhice. O horror do castigo de Deus...

Hoje, major Sant'Ana é um velho nauseabundo. É aquilo que vai ali. Quase idiota, cego, caminhando tropegamente e sem ter uma pessoa que o dirija. Os pés se atolam nos charcos de lama. Vai se encolhendo todo debaixo da chuva. Procurando aos trambolhões a direção da igreja. Talvez o seu peito vá gemendo o remorso que só ele escuta. Ouvindo gritos torturados, relembrando que a vida é por demais minúscula e tudo passa.

Ele ouviu o sino. Sabe que há missa e procura o perdão na face de Deus.

Capítulo Sexto

A PLANTAÇÃO DE ABACAXI

As árvores, as ruas, o capim, a palha dos ranchos já não tinham o que ser molhado.

Lá fora chovendo sempre.

O rio crescendo. As vacas do preto Virgílio pastavam perto. Quando chegasse o tempo das secas, elas seriam levadas para uma fazenda qualquer. Talvez mesmo a do Travessão. Para haver o cruzamento com um touro. Depois retornariam para ter as novas crias e continuar o mastigar da vida. Pastar e fornecer os dois únicos litros diários.

As redes se balançando dentro das choças.

Da minha rede, pela porta da minha tapera, divisava os carajás na aldeia. Nas malocas escancaradas à curiosidade de quem quisesse olhar, lá estavam eles. Os grandes preguiçosos, deitados nas coxas macias das mulheres. Naquela eterna moleza. Os olhos mongóis já nem se abriam quase. As mulheres sentadas nas esteiras, encostadas nas paredes dos ranchos, ficavam horas e horas naquele mister. Alisando as cabeleiras negras dos homens. Aplicando o cafuné, produto do trópico, cruzado com preguiça e sexo. As mãos iam e vinham. Para cima e para baixo. Indiferentemente. Sempre alisando. Passando e repassando os dedos besuntados de óleo de babaçu. Ajudando os homens nas suas *toilettes* e faceirices. Por vezes, desenhando motivos vistosos nos seus peitos, nas suas costas, nos seus braços, com tinta de jenipapo. Reavivando a pintura daqueles corpos bronzeados. Os índios, além de mais bonitos, sempre possuíram uma dose maior de vaidade do que as mulheres. Sempre usaram mais adornos e pinturas.

E assim era a vida. A monotonia de tudo se estampando nos menores gestos, nas menores coisas circundantes.

Vendo o rio. As garças brancas pousando na outra margem, fazendo sorvete branco de penas no copo das copas verdes. Ouvindo a sinfonia calma do silêncio. Sentindo o silêncio da paz interior a se equilibrar com a mornidez preguiçosa da vida.

Os olhos se fechavam numa doce sonolência. Abriam-se depois para fixar a aldeia de índios carajás. Volviam para o rio. Vinha a lembrança da vara de pescar. As águas borbulhavam cheias de tucunarés, piaus, pacus, pacus-manteiga...

Era só jogar a vara e pensar no peixe que se queria pescar...

Assim era a vida... assim era a vida. Um balançar macio de rede.

De vez em quando esticava o pé fora da franja, empurrava o pé na parede e a rede balançava indiferente, pra lá, pra cá, conhecendo o itinerário de cor.

Estava, pois, atolado de nirvanismo. Meu Deus, que coisa boa!

De noite, Macário cantava no rancho defronte.

A sua voz morna, dentro da noite que era quente, apesar da chuva, acalentava o meu bem-estar.

...Não quero outra vida
Pescando no rio de Jereré

Dormindo no rancho onde há siri-patola
Até dá cum pé...

Quando no terrero faiz noite de luá
E vem a sodade me aturmentá
Eu me vingo dela
Tocando a viola de papo pro á...

Ai, meu Deus, que antigamente, na cidade, eu também já cantara essa canção. Achava impossível que aquela letra fosse verdadeira. Como poderia um homem ser capaz de tanta preguiça, de tanta falta de realização?

Não. Que absurdo. Não havia ser vivente qualquer que se sujeitasse, que se limitasse numa situação de letargia... Isso, antigamente. Agora...

Quando no terrero
Faiz noite de luá
E vem a sodade me aturmentá...

Macário cantava sempre.

E não tinha feito nenhuma noite de luar. A chuva comera a Lua. A chuva tomara conta, arrendara todos os terrenos do céu. As estrelas deveriam estar desabrigadas, ao relento ou mortas em cavernas ensombradas, e tinham medo de colocar os seus brilhos maravilhosos no molhado da chuva. Estagnavam-se por lá, dormindo em redes de nuvens, sem saudade nenhuma da Terra tão longe...

E saudade? Poderia sentir saudade? Só se numa noite de luar, conforme a canção...

Sorri, pensando nos devaneios poéticos da minha imaginação.

Dei novo balanço na rede. Os punhos gemeram apertados nas cordas ligadas nas traves do rancho. A luz do candeeiro tremeu com o vento deslocado pelo arremesso. O sorriso ficou no meu rosto, feliz, moroso, com preguiça de se acabar...

Alguém se postara na minha porta.

– Bas noite, dotô. Tá cum sorriso de alegreza. Tá drumindo sonhando ou sonhando acordado?

Levantei a cabeça. Um homem sacudia a chuva do chapéu de palha.

Ri para aquela fala simpática que provinha de um rosto já conhecido.

Era uma visita.

Sempre as recebia. Ora um índio me pedindo anzóis, fumo; ora um branco em busca de uma receitação.

– Ah! Boa noite. Se chegue um pouco. Vamos sentar. Indiquei um banco tosco ao homem que entrara. Depois pensei.

– Tem uma rede ali. O senhor quer armá-la?

Mas ele preferiu o banco que já estava pronto a ter o trabalho de armar uma rede. Não vivesse ele há mais tempo que eu naquela terra!...

Era um tipo simpático. Conhecia-o de vista. Ou talvez mesmo já tivesse conversado com ele alguma coisa sem importância.

Todos na cidade o consideravam. Era um tipo engraçado e mais gozado ainda era o apelido tão bem posto, tão felizmente colocado, como uma auréola em cabeça de gravura de santo.

Chamavam-no de seu É-num-é.

Magro, velho, ossudo, comprido, parecendo mais uma vara de pesca que usava uns grandes bigodes do que um homem.

Aquele bigode de china, embranquecido, pendurava-se e enroscava-se nas pontas, sobre a boca constantemente retorcida, sinal de bom humor e gaiatice. Verdadeiramente notório o cidadão em questão. E como parecia irradiar felicidade encontrada aquele ser humano dessa tão imensa terra dos homens!

Além dos olhos miúdos, brilhantes como brasas, e das maçãs salientes, possuía dois vícios, que sobressaíam naturalmente a muitos outros que deveria possuir: um, era o de mascar fumo. Outro, era colocar obrigatoriamente, no fim de cada frase, aquela forma de pergunta: "É, num é?".

Daí, o seu apelido.

Agora, ele, retorcendo-se na cadeira, ia começar a falar. E como toda palestra local, a conversação iria ser iniciada com um comentário sobre a abundância da chuva. Não me enganei.

– Chuva muita, não, dotô?

– É. Muita chuva. Dizem que ainda temos muita água para receber...

– Si temo. O sinhô fuma um dos de paia?

Estendeu os dedos engravitados para mim.

– Não. Obrigado. Creio que nunca me acostumarei com esse fumo forte. Me dá ânsias de vômitos. Acho que deixarei de fumar se for obrigado a usar desse goiano.

Ele me olhou com uns olhos fundos, que varejavam distância, que perscrutavam o tempo.

– É. Eu também dizia ansim no começo.

Balançou a cabeça despreocupado.

– Hoje estou aviciado.

– Faz muito tempo que o senhor anda por estas bandas?

– Num dá cárculo soma o tempo. Mas faiz muito. Tarvez cinco ano. Tarvez sete. Num tenho segurança pra lhe dizê.

Coçou o queixo e espiou demoradamente o chão. Como se o tempo fosse aquele mistério todo, das areias se juntando em volta de seus pés...

Depois, falamos de uma porção de assuntos diferentes. Coisas desinteressantes, que tanto se podia falar como não. Falávamos, porque ele era uma visita. Falávamos porque assim a vida passaria e o ruído da chuva sobre a palha do teto seria menos notado. O assunto não interessava a ambas as partes.

Entretanto, comecei a notar uma coisa, que apesar do nome que lhe puseram, apesar do prolongamento da conversa, seu É-num-é ainda não finalizara uma só frase com a costumeira terminação.

No momento, ele contava algo que se relacionava mais com a sua vida. Nem me lembro bem se fora ele ou eu que encaminhara a palestra para aquele assunto...

– ...vinha cheio de pranos, dotô. Se vinha! Quando cheguei aqui, vinha mesmo. O senhô num veio tamém, dotô?...

Fiquei com vergonha de dizer que sim. Menti descaradamente.

– Acho que não. Eu estava enjoado da vida da cidade.

– Pois, eu vim, sim senhô. Mais o causo é que a gente chega aqui. Dá uma desmoleza na gente. Uma preguiça que nem se dá conta... ninguém sente nem o tempo passá... O senhô Reverendo bem que tinha razão naquele sermão de falatório...

– De onde o senhor veio, seu...

– É-num-é. Pode me chamá assim que num me avexo não. Eu vim de pra lá de Bauru, de uma cidadezinha chamada Cafelândia. Ei, São Paulo! Diabo de terra boa! Manejei muntas vezes aquelas terra roxa. Quase que enriquei remexendo micovas. Premeiro, tive uma imensa prantação de melancia. Não, minto. Foi uma prantação de café. Pera aí. Foi uma prantação de café ou de melancia mesmo? Ah! Sim. Foi mesmo café. Agora me alembro. Essa cabeça, dotô, tá ruim de se alembrá. Foi. Prantei o café e mais tarde intão danei-me pra disinvolvê melancia. Era cada uma! O senhô nem magina que belezura é uma manada de melancia, quando fica esverdeando a terra. As bruta mamando nas rama. Crescendo, engordando. Cada baita, doce que nem mé de jataí!

Fez uma pausa. Seus olhos reluziram revendo o que contara para mim.

– E que foi que aconteceu, seu É-num-é?

– Acontece que me enjuei daquilo. Discobri que gostava munto mais de um prantio de abacaxi. E essa foi a derradeira prantação que eu fiz. É penosa. Arriscada. O senhô já viu uma terra trabaiada de abacaxi, dotô?

– Nunca. Sempre morei na cidade. Sempre vivi longe da terra...

– Pois óie, dotô, que é negocião! No premeiro ano, a safra é pequena. Si é. A gente corta um de cada pé, se se tem sorte. Mais no ano vindoro cada pé dava treis, quatro broto. Aí, sim, era na certa, treis, quatro abacaxi. E os bicho ia se aumentando cada vez mais. Deus do céu!

Seu É-num-é fez uma pausa. Retirou uma maçaroca de fumo do bolso da calça, enrolou-a nos dedos e sapecou na boca. Mastigou um pouco para que a bola de fumo ficasse cômoda e não atrapalhasse a história que contava.

Seria verdade tudo aquilo? Nunca poderia saber. Jamais tinha visto uma plantação de abacaxi. Nunca mesmo. Mas era estranho um ou outro detalhe, como aquele, onde os pés de abacaxi iam-se multiplicando... Daquela maneira, no fim de cinco anos, uma plantação de abacaxis teria muito mais frutos do que pés. Em todo caso, nunca fui autoridade em matéria de agricultura. De mais a mais a história estava me interessando. O que enviou um comentário qualquer da minha parte. Queria saber até onde iria aquela conversa.

– Pois era, dotô. As toicera deles se juntava tudo numa rameira só. Duma artureza que meçava um home trepado nas costa de otro. E de repente tudo madurava. A gente se metia por dentro. E corta lá. Corta cá. Era monte e mais monte de abacaxi amarelinho. Cherando que dava gosto.

– E o lucro? Dava muito?

– Ora se dava!

Seu É-num-é cuspiu a bola de fumo que deveria estar sem gosto e dessa vez então retirou uma palha de milho detrás da orelha, um canivete de bolso e começou a picar fumo de rolo na palma da mão.

Onde aquela gente arranjava palha de milho é que nunca descobri.

Aprontou o cigarro, ligou-o com cuspo, acendeu-o e apertando os olhos pequenos e dilatando as narinas foi sentindo as delícias da primeira baforada.

Só então recomeçou a história interrompida.

– Cumo lá ia dizendo, o lucro era marmo. Mais ansim cumo acontece cum as melancia, os abacaxi têm a sua virada ruim. O senhô sabe que quando desce uma aguada sobre um leito de melancia nova, se perde tudo? Pois é. Num escapa uma. No abacaxi, num tem perigo disso não. O maludo é o que acontece cum as mãos da gente. Chi meu Deus! Elas fica num estado de disgrota. Só se vê lanhos nela. Os dedo que fica se abrindo. É doído que virge do céu! Mais a gente tamém fica aviciado naquilo. No ano que vem, as mão já sararo de tudo e tão pronta pra nova gorpeação. Tá vendo aqui?

Espalmou para mim as mãos magras e ossudas, marcadas por cicatrizes brancas. Cicatrizes que tanto poderiam ser do que falava como de outra coisa qualquer.

Disse sim com a cabeça, fingindo uma admiração extraordinária.

Já estava me impacientando a ponto de inquietação, cada interrupção de cada frase sua. Como é, ele ia ou não empregar o "é num é"?

– Pois foi marca de vinte ano atrás. São marca que dão sodade na gente...

– Mas como? Se o senhor sente saudades, por que não faz uma plantação de abacaxi por aqui?

– Cum que, dotô? Aqui a gente num tem nada. Nem abacaxi, nem enxada.

– Se é por isso, não. Eu consigo uma enxada para o senhor. Basta que eu fale com o Serviço de Proteção aos Índios.

– Num dianta não. E essa danadura de chuva que leva a vida intera?

– E quando a chuva passar?

– O tempo esfria, dotô. E o abacaxi num pega não.

O danado do velho tinha saída para todos os meus argumentos.

– Bom. Sendo assim.

– E é, dotô. Mesmo...

– Mesmo o quê?

– A gente aqui perde a corage. Num sei o que hai. A gente fica esperando a chuva pará. Deita na rede, pita um fuminho, pesca uns pacu. Quando abre os óio, a chuva passô e já vem outra se aproximando... O senhô há de vê dotô, cumo é ansim. De otras veis, é a maleita. Quando a gente consegue ficá disquebrantado dela, a saúde se acabô pro resto da vida. Sem saúde, cum chuva, uma coisa e otra, acaba num se prantando. Uma fisgada nos rim. Uma pontada nos peito. O baço cresce. O figo incha... Horrive, dotô... Mas vô vê se esse ano faço uma roçada de quarqué coisa...

E o "é num é" não saía.

– É preciso mesmo. É necessário que alguma pessoa se mexa. Essa terra está virgem. Nova. Descansada...

– Seu Reverendo sempre fala ansim.

Parece que seu É-num-é se lembrou de qualquer coisa, porque um largo sorriso abriu-lhe a boca.

– Parece que seu Reverendo tá se dando bem pur aqui. Num é, dotô?

– Por quê?

– Mode tá dando de engordá nele. Parece inté cevado de minha terra.

Achei graça discretamente daquele comentário.

Ele levantou-se. Esfregou as pernas. Olhou para fora.

– Eita chuvada!

Fez menção de sair. Mas virou-se para mim e perguntou um pouco desajeitado.

– Será que o dotô num tem pur aí uma meizinha, mode eu butá numa friera que me deu entre o dedão?

Logo vi. O sertanejo, quando quer uma coisa, sempre conta uma história comprida antes. Depois, então, faz o pedido.

Levantei-me e coloquei num pedaço de jornal amarelado um pouco de sulfanilamida.

– Lave bem o lugar e bote esse pozinho.

– Obrigado, dotô. Bem que dissero que o senhô é um home bão.

Apertou a minha mão, sorriu para o meu rosto e murmurou:

– O senhô tamém tá ficando gordo, dotô!

Instintivamente, sem medir as minhas palavras, alguma coisa estourou do meu subconsciente. Sem querer, indaguei:

– É, num é?...

Capítulo Sétimo

UM HOMEM QUE
SE CHAMAVA GREGORÃO

Abri os olhos. Parei a rede. Que horas seriam? Olhei a aldeia dos índios carajás. Lá estavam eles, os preguiçosos, tomando cafuné.

Estiquei as pernas, desencolhi-me todo. Pensei em pescar, mas chovia muito.

Daqui a pouco Djoé viria se sentar perto da porta do meu rancho. Colocaria um banquinho de encontro à parede e ficaria espiando a tarde morrer. Há bem três meses e meio que assim fazia. Olhar a tarde feia, cinzenta, se escurecer. Espiar o rio cor de barro tornar-se negro, refletindo a noite.

Nessas horas, eu me balançava na rede e de vez em quando prestava atenção na conversa de Djoé.

Poucas eram as novidades. Nunca vi um lugar tão sem acontecimento. Por isso talvez fosse tão bom.

Nessa tarde, Djoé se atrasou mais. Como sempre, entrou. Apanhou o banco. Ficou logo perdido na tarde, na chuva e no rio.

Súbito, ouvi que algo de anormal acontecera. Abri os olhos. Djoé estava em pé. Imediatamente se pôs a correr dentro da chuva em direção à barreira do rio. Demorou-se por lá cinco minutos e voltou. Trazia uma novidade estampada nos olhos miúdos.

– Chegô um home, dotô...

– E que é que tem? Sempre chega um homem por aqui...

– Mais é um home grande. Forte que nem um boi. Parece garimpero. Vô vê quem é que é.

– Garimpeiro nessa época, Djoé?

– É sim. Vem descendo o rio e tem canoa grande. Não sentia vontade de levantar-me e submeter o corpo à chuva somente para ver um homem que chegava.

– Você espia quem é, depois vem me contar.

Djoé, curioso como todo índio, saiu em busca da novidade.

Meus olhos foram se fechando lentamente. E quando se abriram, a noite se encontrava completamente fechada. E era como as outras, feia, molhada e quente.

Ergui o corpo da rede. Soprei o fogo, até que uma chama dançou sobre as pedras. Assei uma beira de carne num espeto.

Comer o churrasco com banana foi coisa de instantes e então retornei à rede.

Deviam ser mais ou menos oito horas, quando um vulto apareceu na porta da tapera. Era Djoé.

– Dotô, o home grande é forte mesmo. Parece um boi. Tá lá bebendo na venda de Janjão. É um homão.

– Quem é ele?

– Disque se chama Gregorão. Tem uma força danada. Eu vi ele distampá garrafa de cerveja com os dedo.

Pensei comigo: "Garrafa de cerveja? Então devia ser garimpeiro mesmo".

Poucas e adquiridas a peso de ouro eram as garrafas de cerveja em Leopoldina. Além do mais, deveriam ser velhíssimas, porque ninguém tinha dinheiro para comprá-las.

– É. Deve ser mesmo garimpeiro.

– É garimpêro sim sinhô...

Uma bruta curiosidade me assaltou. Era o primeiro garimpeiro a aparecer na minha vida. As lendas, os casos, os abecês contados a respeito dessa espécie de gente eram inumeráveis. Garimpeiro, por aquelas bandas, possuía o sinônimo de homem macho pra burro. Carregavam balas no corpo, morte nas costas, vingança em suas sombras, força nos músculos, marcas de brigas e milhares de outras coisas de má fama. Eram homens que nada tinham de piedade. De ninguém. Nem deles mesmos. Gente criminosa, ruim, aventureira...

Levantei-me. Pela primeira vez naquela terra, a curiosidade sobrepujou a minha preguiça.

Calcei as botinas.

Quem não se abalaria para ver um homem que destampava garrafas com os dedos? E sendo ele o primeiro garimpeiro que apareceria ante os meus olhos?

Joguei a camisa nas costas e enfiei o chapéu de palha na cabeça. Saí caminhando ao lado de Djoé, por entre as sombras dos ranchos adormecidos, ouvindo o chacoalhar dos meus pés nas poças de lama.

A cidade dormia. Mas o botequim de Janjão estava aberto. Aproximei-me.

Lá dentro, havia apenas uma luz de lamparina e muito cheiro de cachaça. O seu interior tinha um aspecto triste. Triste como a noite do lado de fora. Não se ouvia em parte alguma um violão gemendo apaixonado dentro da noite úmida.

Aproximei-me mais. Os homens se amontoavam para ver, ouvir as coisas que o garimpeiro estava contando. Talvez aquele interesse traduzisse o desejo de um convite para um trago de cerveja, que substituíra a cachaça.

Mas quando olhei melhor, descobri o meu equívoco. Já a cachaça começava a invadir o ambiente. A cerveja desaparecera e sua lembrança existia somente pelas garrafas deitadas no balcão.

A cachaça fazia mais efeito. Esquentava mais os homens. Resolvi entrar. Mas estaquei. Se o fizesse, talvez fosse quebrar a naturalidade da conversa. Permaneci observando, parado debaixo da chuva.

O mesmo não se deu com Djoé. Foi entrando, furando gente e acocorou-se num canto, com os olhos miúdos acesos, pelo prazer de ouvir uma história.

Fitei o garimpeiro. Aquele ali era o Gregorão. O homem terrível que transportava um rosário de crimes e perversidades acompanhando a cada um dos seus passos.

Realmente não me lembrava de ter visto um homem tão forte em minha vida limitada. Impressionantemente forte, poderia medir um metro e noventa de altura ou talvez mais.

A cabeça se sentava num pescoço taurino. O rosto era belo, sem dúvida. Marcado de rugas, que deveriam ser provenientes de sofrimentos, desconforto e cáustico de sol. Aquele sol de muitos anos de sertão adentro.

Seus cabelos de um louro avermelhado, abundantemente encaracolados, se embranqueciam nas têmporas.

Talvez aquele homem beirasse os cinquenta anos.

Pus-me a observar todos os seus movimentos. Seus gestos eram largos e grandes.

A luz da lamparina oscilando de lá para cá dava-lhe um colorido nos traços e aumentava a pobreza do cenário.

O garimpeiro virou-se para Janjão. O botequineiro compreendeu. Destampou a garrafa de cana.

Gregorão emborcou o copo de pinga, deu uma cuspida de lado e pediu mais.

A luz do candeeiro imprimia todos esses movimentos, criando sombras enormes. E as sombras dos outros homens dançavam muito menores na parede e no teto.

Os ouvintes observavam Gregorão e esperavam que ele contasse o resto da história de que eu não ouvira o começo.

Seu É-num-é não se conteve e perguntou:

– Aí, o que foi que teve, Gregorão?

– Nada. Resguardei o corpo no vão da porta. Tirei o HO da guaiaca e taquei fogo. Foi teco-teco-teco-teleco--teco, aliás mais um: t-e-co!... Puliça espaiou pur toda parte. Puliça é assim mesmo. Abasta ouvi o grito do rompedô e zás! Se some no mundo. Aí, eu aproveitei o chamego e abri unha. Quando dá fé, um dia se Deus Nosso Sinhô me ajudá, eu vorto lá na Baliza.

– E quantos tu mataste?

– Bem uma meia dúzia de quatro ou cinco.

Nesse momento, Nana, a mulher-dama, passou por mim, cheirando a perfume barato. Levando os seios grandes, excessivamente suspensos; trazendo no rosto uma forte camada de pó de arroz e de carmim, que tentava disfarçar, esconder os avanços dos anos.

Ela me viu. E para chamar a atenção sobre a sua elegância, principalmente para a sua espécie, pediu licença numa fala de gente de teatro, parou e, virando-se, estendeu a mão em minha direção.

– Entre, doutor. Não faça cerimônia que a casa é nossa...

Tive que entrar, tirando o chapéu e sacudindo a água que se juntara nas abas. Dei boa-noite para todos.

Foi então que aconteceu uma grande surpresa. Gregorão bateu com o copo de cachaça no balcão e, em vez de olhar para a mulher-dama, espiou alucinado para mim. Seus olhos se dilataram. Senti um leve sobressalto, que aumentou muito mais quando ele apanhou a lamparina e cambaleou na minha direção.

Sem que me permitisse um único movimento, levantou a mão forte em direção do meu rosto. Suspendeu o meu queixo e aproximou a luz da lamparina.

Seus olhos estavam cheios de lágrimas. Murmurou roucamente:

– Menino!

Fiquei emocionado. Ele me confundia com alguém conhecido.

– Deve ser engano, senhor. Eu não sou o Menino.

Decepcionado, ele soltou o meu rosto, levou a lamparina de novo para a prateleira da venda. Escondeu, desalentado, a cabeça entre as mãos.

Fiquei penalizado. Ali estava o grande bruto provando ser muito humano e ter coração. Ele sofria com a lembrança de algum ente estimado, semelhante fisicamente a mim. Daí, aquela expressão de dor e de tristeza ao perceber o engano.

Aproximei-me. Toquei-o nos ombros. Ele levantou a cabeça. Ainda tinha os olhos molhados. Um desalento infindo passeava nas expressões cansadas de seu rosto. Traço por traço, parecia ter envelhecido com a dor momentânea.

E eu tinha a certeza de que aquela reação humana era verdadeira. Talvez que um leigo em psicanálise decifrasse aquilo como mera exaltação imaginativa, pela influência do álcool. Mas não era. Tinha certeza de que não era.

Do outro lado, Nana não perdia a cena. Observava os menores detalhes. Naturalmente se decepcionara com o fracasso da sua estudada entrada.

Lembrei-me da finalidade com que ela viera até ali. Lembrei-me de que queria depenar o Gregorão. E bêbedo assim, realizaria a tarefa sem dificuldade alguma.

Fui tomado de uma ideia. Motivada pela simpatia que aquele sujeito me causara. Aquele homem. Aquele garimpeiro. Aquele ser humano me pareceu uma criança grande, pedindo proteção...

Meus olhos se encheram d'água. Eu estava falando para mim mesmo. Eu me desdobrava em dois e conversava no meu íntimo: "Tu sabes bem por quê, não? Tu também não tiveste ninguém. É fácil compreender. Lembras-te da solidão de tua vida? E quantas vezes não desejaste uns braços que te abrissem? Umas mãos que enxugassem as lágrimas de teus olhos, hem? Solidão... silêncio... mais silêncio... distância...".

Sim, Gregorão precisava de proteção, apesar de ser uma criança grande brincando com faca e revólver, lidando com a morte...

Falei-lhe:

– O senhor tem onde pousar?

Ele pareceu não compreender da primeira vez. Respondeu com a voz do subconsciente:

– Até no jeito de falá se parece cum ele.

– Eu perguntei se o senhor tem onde pousar. Onde passar a noite...

– Não. Num tenho não.

– Quer pousar no meu rancho?

Ele pensou um pouco, alisando a cabeça febrilmente. Tentava concatenar as ideias.

– Tá bem, moço. Eu aceito. Num tenho porém rede.

– Não há de ser nada. Existe uma de sobra no meu rancho.

Gregorão meteu a mão no bolso. Puxou um bolo grande de notas.

Tive a impressão de que a sala se iluminara. Aumentara-se a claridade do ambiente. Tal o brilho que perpassou em todos os olhos, com a presença do dinheiro.

Sorri observando as expressões.

Nana me encarava friamente. As pregas do seu rosto tinham se endurecido. Nos seus olhos morava um ódio mudo.

Gregorão pagou a bebida. Apoiou-se no balcão. Pegou um chapéu de palha, enfiou na cabeça e veio me seguindo.

Quando chegou perto da porta, virou-se para o povo e cumprimentou:

– Entonces pra vosmicês, boa noite!

– Boa noite!

Saímos.

Fora, a noite continuava feia, chuvosa, ligando as horas molhadas.

•••

Chegamos ao rancho. A chuva caindo sobre o corpo pareceu ter melhorado a bebedeira de Gregorão. Assim mesmo, ele ainda precisou se encostar nas paredes do rancho.

Armei a rede que lhe destinara. Pedi que se sentasse. E vendo a dificuldade que tinha em se descalçar, aproximei-me e ajudei-o a tirar as botas.

Soprei então as brasas do fogo, que estavam quase mortas. Reavivei-as e, em pouco, as labaredas lambiam as pedras que as circundavam. Aqueci um pouco de café. Bendito café que o padre Gonçalo trouxera e que em breve se acabaria!... Agora ele estava prestando um benefício cristão.

Gregorão me olhava triste.

– O senhô parece o Menino.

– Algum filho seu?

– Quase isso. Um menino que eu criei. Só tinha ele no mundo. Nóis trabaiava lado a lado, sempre nos mesmos garimpos. Há uma semana atrais, brigamo pur causa de uma muié. Eu fiquei sentido. Fui tomá um porre num cabaré. Bebi demais. Briguei lá. Quebrei tudo. Fiz um arranca-rabo dos diabo! Fui preso...

Parou para pensar bem no que estava falando. Aquilo devia ser verdade, tal o conteúdo de sinceridade com que contava. Fiquei aguardando o fim e ele continuou:

– Ele foi inté na delegacia, pagô os prejuízo. Feis a minha fiança. Pediu ao tenente pra me deixá preso uma semana. Depois fugiu. Se sumiu. Num quis mais sabê de eu. Bem que ele tinha avisado que...

– Vocês viviam metidos em barulhos?

– Toda nossa vida foi assim. Essa disgraceira. A gente vévia fugindo dos meganha. Ele me disse que estava cansado e que no premeiro chafurdo que eu me metesse ia s'imbora...

Limpou os olhos com as costas das mãos.

– Ele parece mais o sinhô. Nos cabelo. No jeito de falá cum a gente. Mais despois vi que não era ele. O sinhô é muito bão tamém.

– E agora o senhor vai atrás dele?

– Se vô! Dei de batê todas as estrada do sertão. Vô de garimpo em garimpo até achá ele...

– Então durma. O senhor está cansado. Boa noite.

Ele dormiu. Fiquei balançando a rede e adormeci também. De noite, já bem tarde, acordei com Gregorão acendendo um fósforo sobre a minha rede.

Compreendi que o efeito da bebida passara, mas a impressão de me confundir com o Menino persistia ainda.

Ele se tinha levantado para se certificar. Teve um sorriso triste e o fósforo morreu no escuro...

Capítulo Oitavo

A MULHER-DAMA

Dia, avançando, acordou-me. A chuva cantava com mais força ainda sobre o teto do rancho nessa manhã.

Lembrando-me do que acontecera na véspera, virei-me para a rede de Gregorão. Ela balançava sozinha. Gregorão se fora.

Acometeu-me uma espécie de tristeza. Se bem que o garimpeiro não passasse, para mim, de um desconhecido, ou que o meu conhecimento datasse de uma noite apenas, ou, mais ainda, de um simples acidente, ele conseguira despertar em mim uma grande simpatia.

O seu jeito de Hércules. Os olhos doentes de tristeza. Olhos verdes, cor de selva molhada de chuva, que choravam com uma simples lembrança de um filho que criara. Aquele amor paternal tão grande, quase impossível num homem que, além de garimpeiro, carregava paralela à sua sombra uma vida de crimes e de aventuras. Sem dúvida, frios, mas soberbos assassinatos.

Um amor de pai que o impelia Araguaia abaixo, vasculhando os garimpos, enfrentando chuva, índio e sobretudo muita selva.

A rede abandonada, balançando sozinha, cantava a cantiga do silêncio.

Tinha vontade de ter conhecido mais Gregorão e que ele tivesse se demorado um pouco mais.

Um pensamento estúpido me assaltou: um dia, se eu escrevesse um livro, Gregorão estaria dentro de um dos tipos principais.

Eu me meteria na sua vida, completando o vazio ignorado com recheios de imaginação. Botaria o Menino. A selva como cenário. A vingança como trama. A ambição do garimpo e a ronda dos crimes. Tentaria contar aquelas vidas desassombradas numa intromissão inconsequente da minha parte...

Um sorriso me dominou o raio de inspiração. Eu nunca escreveria um livro. Como? Quando? Por quê? E para quê?...

Alisei a cabeça para afastar a ideia. Afinal aquilo era uma ideia como outra qualquer e que morreria também do mesmo jeito.

Levantei-me. Talvez fosse pescar. Talvez desse um pulo na casa de cabo Milton, que sabia contar coisas interessantíssimas sobre todo o Estado de Goiás e sobre as matas do sul do Pará.

Com o movimento feito ao sair da rede, alguma coisa caiu no chão. Algo que estivera preso nos cordões da minha rede. Cocei os olhos para afastar a sonolência e me abaixei.

Era uma cédula de duzentos mil-réis.

Tinha sido ele. Gregorão a enfiara nos cordões do punho da minha rede. Como se naquele gesto tentasse agradecer a pousada de uma noite. Gostaria de saber o que se passara na cabeça daquele maravilhoso bruto ao colocar o dinheiro ali.

Para pagar não poderia ter sido. No sertão, qualquer um dá pouso no seu rancho, com prazer e sem espera de paga.

Talvez ele visse ou mesmo soubesse da pobreza que invadia Leopoldina e pensasse que assim fazendo iria me ajudar em alguma coisa.

Achou-me com jeito de precisar de dinheiro. Viu-me com o mesmo aspecto que invadia a todos os outros seres que povoavam por ali.

Quem sabe se ele não me comparava com o Menino?

Na sua angústia, ele veria o Menino precisando de dinheiro, precisando de proteção. Precisando de tudo.

Era isso. A semelhança explicava tudo. Fosse porque fosse, o certo é que Gregorão gostara de mim. E aquele seu gesto traduzia simpatia.

O resto do dia se passou sem a menor importância. Peguei a boia na casa do cabo Milton, ouvindo histórias e mais histórias.

Depois saí. Enfiei o chapéu na cabeça. Ia dar uma volta pela cidade. Quase sem sentir, meus pés foram me levando em direção à casa de Nana. Engraçado os pés obedecerem à lógica do subconsciente. Era lá que eu deveria ter pensado em ir. Na casa de Nana, a única mulher-dama do lugar.

Podia ir sem susto que ninguém repararia. E mesmo que reparassem, afinal de contas, era um homem. E um homem, ali, tinha um sexo para utilizá-lo quando bem entendesse. Não, ninguém repararia. Nana era uma prostituta, mas em Leopoldina sua importância moral não era diminuída por ninguém.

Chamavam a sua casa de hotel. Porque, além daquilo, ela alugava quartos para viajantes. Uma pousada barata. Dois mil-réis. Sim, ainda era dois mil-réis. Na civilização, o mil-réis fora substituído pelo cruzeiro. Mas ali ninguém tomava conhecimento disso. O seu hotel era uma das maiores casas de Leopoldina. O forasteiro escolhia o quarto que lhe agradasse e...

Armar então sua rede
Pendurada na parede
Fazendo arco pro chão...

Ouvir a vida parada
Ou talvez uma toada
Saindo dum violão...

Adormecer balançando
Sentir a rede cantando
Num simples jogo dos pés...
Dormir na casa de Nana
Almoçar puba e banana
E tudo por dois mil-réis...

Os hóspedes não eram muitos. Ao contrário. Principalmente naquela época de tanta água. E quando eles vinham, a promiscuidade reinava no ambiente, livre e absoluta. Às vezes se confundindo até com certa falta de higiene e asseio.

Parei na porta, derramei a água que se juntara na copa e na aba do chapéu. Entrei.

Naquele lugar do sertão, quem entrava, da sala devassava todo o interior.

Ninguém tinha por essas paragens o pudor da intimidade. A intimidade era preconceito besta. Era como o banho no rio, onde todo mundo tomava parte e ninguém se importava com as espécies.

Como quiserem, aquela falta de vergonha ou talvez aquela qualidade de virtude, no mínimo, tinha sido outorgada pela boêmia do índio.

Nana estava ali.

Imensamente engordecida, numa cadeira incômoda, mas que ao mesmo tempo parecia ser a melhor cadeira entre as outras imitações existentes na casa.

Suas carnes se derramavam pelo corpo em descuidada liberdade. Livres daquelas indumentárias que as mulheres usam, tentando diminuir aos olhos dos outros a realidade das proporções...

Levantou a vista ao ouvir os meus passos, mas aborrecida franziu o sobrecenho. Tornou a abaixar os olhos.

– Boa tarde, Nana. Bordando paninhos para algum bebê que vem?

Ela não gostou da pilhéria. Da pedrada atirada à realidade da sua menopausa. Rosnou qualquer coisa, de modo imperceptível.

– Posso entrar?

– Pode. A casa é de "todos"...

Talvez houvesse amargura além da zanga naquela última frase. A mesma amargura que ataca toda prostituta, quando se vê ao nu do sem apoio e começa a pedir esmolas para a vida.

Sentei-me e comecei a rodar o chapéu molhado entre os dedos. Queria puxar conversa. Uma conversa que fora planejada a cada passo da caminhada, mas que no momento presente de realizá-la se assemelhava dificílima de ser levada ao fim.

– Sujeito forte aquele Gregorão, hem?

– É.

– Você ficou zangada por eu ter estragado os seus planos e não permitir que ele viesse com você?

Arriscava aquela frase, certo de ter uma reação desagradável. Ela se demorou um pouco, contraiu os músculos da face e destilou o veneno que lhe asfixiava a alma.

– Não. Podia ser que o doutor se interessasse por *los hombres*...

– E me interesso mesmo, Nana. Você sabe disso. Os homens para mim são seres engraçados e que por vezes se tornam interessantes. É então agradável observá-los.

– Então por que não deixou que ele viesse comigo?

– Ele estava muito bêbedo, Nana.

– Tanto melhor, assim eu poderia lhe ter tirado algum dinheiro.

– Não queria ver Gregorão depenado. Aquele homem está envolvido numa história trágica. No rancho, soube que ele vai descendo o rio à procura de um filho. O dinheiro que ele deixasse aqui iria lhe fazer falta mais tarde.

– E que me importava isso? Vocês!... Sim, vocês, *los hombres*, são assim mesmo. Nos tornam assim, num farrapo de miséria... e depois, quando a gente tem uma oportunidade dessas, arranjam sempre um jeito de estragar. Uma espécie de combinação...

De vez em quando, Nana misturava uma palavra de espanhol, talvez para lembrar-se da sua descendência europeia.

Sabia que a sua zanga era passageira e que em um minuto mais iria destruí-la.

– Mas você não perdeu a oportunidade. Gregorão deixou uma coisa para que eu lhe entregasse...

Tirei a nota de duzentos mil-réis do bolso e fiquei enrolando-a entre os dedos.

Os olhos de Nana tiveram um brilho estranho.

Todas as prostitutas possuem esse brilho estranho em face do dinheiro. Olhos que brilham mais ao se defrontarem com o dinheiro na ponta da mão de um homem do que a própria recepção de um homem, no corpo.

Ela apanhou a nota, alisou-a calma, demoradamente.

Via-se que aqueles dedos há muito não acariciavam tanto dinheiro de uma vez. Olhou para mim, como a certificar-se se era verdade aquilo lhe pertencer.

Sorri.

Ela alisou a nota mais uma vez. Com menor emoção agora e dobrando-a enfiou a mão no rego dos seios enormes. Só então ela riu um riso amigável para mim.

– Me desculpe, doutor!

– Não há o que desculpar, Nana.

– O senhor compreende, a vida por aqui é tão difícil. A gente não se pode fiar nesses homens de Leopoldina, que não garantem o futuro de ninguém. Sempre sem dinheiro. Uns pobres arrebentados. E eu... já estou ficando velha, doutor.

Ainda restavam os últimos alentos da vaidade feminina naquela mulher. Sua fala tremeu diante daquela confissão. Sua voz confirmou roucamente.

– Sim, doutor, eu estou ficando velha. Por isso, quando aparece um garimpeiro como aquele... Aqui não é como a Espanha. Lá, sim...

– Você é mesmo da Espanha, Nana?

– Não acredita que eu seja, doutor?

– Bem. É verdade que você tem às vezes uma pronúncia diferente e emprega uns termos espanhóis. Mas, em geral, o seu modo de falar se assemelha ao de qualquer outra brasileira.

– É o tempo que acomoda a gente. Pois eu nasci lá...

Os olhos de Nana foram adquirindo distância.

– Na Catalunha. Minha mãe vivia empregada na cidade de Barcelona. Era uma doméstica... Mas não sei se o doutor tem interesse em escutar essa história.

– Mas é claro que tenho, Nana.

– Pois minha mãe era uma doméstica. Igual ao destino de minha avó.

Era também o futuro que me parecia esperar. E foi o que aconteceu. Arranjaram-me um emprego numa casa de família. Somente para arrumar quartos. Naquele tempo eu era uma rapariga espigada e tinha uns seios pontudos, sempre empinados para a frente. Um desafio...

Meus olhos caridosamente se afastaram dos seios mortos de Nana.

– Acontece que a patroa tinha um filho. Um rapaz lindo. Um sorriso bonito e uns olhos negros...

Fez uma pausa para engolir a emoção.

Eu ardia de curiosidade. A história começava a se tornar picante e saborosa. Não me contive:

– E que foi que houve?

– Ora, nada, doutor! Quase nada. O que saiu dos meus seios pontudos e daqueles olhos negros é fácil de imaginar.

Minha mãe não quis mais me ver. E tive que me adiantar no caminho começado. Eu não era mais uma mulher. Eu me desabrochara numa flor. Que maja que fui, doutor! Os homens e a vaidade me transformaram de uma flor numa gata cheia de caprichos. Tinha uma porção de admiradores. Rica é a vida de uma mulher de vinte anos! Os homens ficavam pendurados à mercê dos meus dedos como os seus desejos se pregavam no meu corpo. Teve até um estudante romântico que me propôs casamento. Mas ele tinha também olhos negros... Frequentei o Círculo Barcelonês. Sabe o que é isso, doutor?

E antes que eu respondesse negativamente, já ela prosseguia:

– É um teatro de variedades. Eu era uma das mais disputadas. Vivia de cabaré em cabaré. Barcelona tem muitos e como são bem frequentados!

Nana estava impregnada de uma volúpia maravilhosa ao contar os fatos de seu passado. Seus olhos se distanciavam e suas narinas fremiam, demonstrando os últimos vestígios da sua dança de fogo de sensualismo. Mesmo que não quisesse, era obrigado a acreditar no sangue espanhol daquela mulher. Daquela mulher desgastada pela vida, mas que sabia despertar, contando cenas aquecidas a sexo.

Ela trouxe uma fotografia amarelada. Não faltava nem sequer a fotografia amarelada!

– Eu era uma flor, doutor! Eu era uma flor!

Tomei o retrato nas mãos e guardei segredo no meu silêncio.

Ela falava sempre.

– Ah! Os cabarés! Eram bem frequentados, doutor. Muita gente fina e rica aparecia por lá. Gente que pensava possuir preconceitos, que chegava se furtando à vista do povo, que temia encontros com conhecidos. Mas quando penetrava no ambiente, tudo se perdia numa alucinação. Despiam-se os véus da hipocrisia, enchiam-me todos de imoralidade e gestos lúbricos. Eu me confundia com os outros, derramando pelos olhos, pelo sorriso, pelas mãos, o veneno e a doçura, a delícia e a podridão do sexo... Depois...

– Depois o quê, Nana?

– O tempo foi passando. Aconteceu comigo o que acontece com todas as outras. O tempo, que anda mais ligeiro ainda nas mulheres que são como eu do que nas mulheres pobres, anunciou os primeiros sinais. Um dia arranjei um homem que vinha para o Brasil. Resolvi vir também. O nosso destino tem algo de parecido com o dos marinheiros. Viajamos sempre à procura de um porto. Uma ilusão, nem maior nem menor do que um lugar onde haja dinheiro para comida e para roupa. Onde as nossas carnes, velhas, usadas e doentes, para as grandes cidades sejam menos notadas. As carnes marcadas, conhecidas e desprezadas nos obrigam a viajar. E há sempre aquele porto de que já falei, onde as outras são como nós ou ainda piores e fazemos sucesso. Até as carnes nos expulsarem para um lugar sempre menor e com menos dinheiro.

Estive no Rio. Fui para a Bahia. Vivi em Recife. Voltei para o Rio. Foi aí que nasceu minha filhinha Genoveva. Parou um pouco para dominar a tristeza.

– E essa sua filha morreu, Nana?

– Não. Antes tivesse morrido. Continuei me vendendo para os homens. Levando a "vida fácil" para que ela não tivesse o destino que eu tive. Para protegê-la da má sorte. Embarquei para Belém, porque diziam que lá a vida era ainda mais "fácil"... Não tenho razão, doutor? A sina das meretrizes não é mesmo viajar?

Que poderia responder-lhe? Logo eu que...

– Todo mundo viaja, Nana. Uns como você, outros de um jeito ainda pior...

Ela pensou um pouco e suspirou.

– Genoveva!... Ficou uma mulher linda. Uns olhos de santa. Mas o diabo é que ela trazia no corpo uma herança: os mesmos seios espigados. No resto, não era como eu. Tinha os olhos azuis e tranças negras. Parecia uma cigana.

– E que fim levou ela?

– Tá rolando pela vida. Um dia, ela encontrou um homem que podia tanto ter os olhos, os dentes, o sorriso, o cabelo... qualquer coisa bonita que confrontando com os seus seios viesse a dar no que deu. Anda por aí, arriscando a sorte pelos garimpos. Dizem que cortou as tranças. Foi Fio, o filho do cabo Milton e que rema no correio que me contou sobre ela. Ela bebe muito e foi vista no garimpo do Pium, que antigamente se chamava Banana Brava. Contam que vive de homem em homem, de copo em copo. Mente como todas nós. Conta histórias bonitas para encantar os homens, como nós outras. Um dia, ela terá uma filha... E essa será pior do que nós. As filhas das prostitutas sempre se sucedem, piorando. Eu fui assim como lhe contei. Genoveva herdou os meus seios espigados e deu para beber. A outra, então, herdará os seios, a bebida e outro vício que apreciar... Pergunto agora: é triste a vida da gente, doutor?

Não poderia responder o que estava pensando.

– Sim, talvez triste. Mas, sempre, vida...

– Dizem que menos triste, quando a gente se arrepende. Mas nunca me arrependi. Era minha sina. Por que me aborrecer e renegar? Agora estou ficando velha...

Pobre Nana! Não me esqueço de que você já foi uma flor.

– Sei que os homens não me querem mais por causa disso. Então espero que eles se embriaguem primeiro... Depois...

Fez uma pausa e, lembrando-se dos duzentos mil-réis, sorriu triste e continuou:

– Se eu não fosse assim, doutor. Se eu não fosse velha. Uma mulher velha e arrasada... eu convidava o senhor...

– Não, Nana. Não vim aqui para isso. Vim apenas trazer o dinheiro que Gregorão lhe mandou. Conversamos muito. Muito obrigado pela conversa e até outro dia.

Levantei-me. Coloquei o chapéu na cabeça. Nana estava de olhos baixos. Alisei-lhe carinhosamente aquelas mãos que viveram tanto.

Olhei para a parede. Ali havia um quadrinho de São Francisco de Assis, em que eu nem reparara ao entrar.

Pensei comigo mesmo: por quê? Sim, por quê? Por que o santo na parede na casa das prostitutas? Quantos eu não já vira, em outros quartos de almas semelhantes?... Haveria uma explicação?

Pobre Nana!

Chovia lá fora e uma tristeza enorme me dizia:

– Que tristeza uma terra não ter flores!...

Capítulo Nono

AO BALANÇAR DA REDE

Dois meses tinham-se passado desde que o padre Gonçalo se fora.

Leopoldina era um porto. Todo dia saía gente. Todo dia chegava gente. Gente vai. Gente fica. Porto. Não é o destino dos portos ver chegar e ver partir?

As águas do rio iam e não voltavam nunca.

Padre Gonçalo se fora.

Voltava de novo para a cidade barulhenta. Desistira de vez. Enjoara da ambição de sua vida: uma cidade pacata, onde esperaria a velhice, calmo e satisfeito com o desenrolar da própria vida.

Perdera a paróquia pequena, mas cheia de almas difíceis de se levar ao céu.

Seus sonhos se reduziram como uma nuvem de fumaça se diluindo no espaço.

Leopoldina não servira para o seu fim. Para a realização do seu ideal tão sonhado e perfeito.

A cidade nascera cansada e estéril. Não escutara e nem escutaria nunca a voz de Deus, repetindo pelas arcadas do tempo: "Crescei e multiplicai-vos!".

Ou talvez a surdez da distância não tivesse trazido para Leopoldina as palavras completas do Criador. Ali, eles apenas se multiplicavam... Padre Gonçalo não ignorava que, se permanecesse por mais tempo, seria absorvido de uma maneira total. Aquela indolência morna que se entranhava dentro da vontade. A pouca disposição de reagir. Não! Não ficaria mais um dia. Voltaria nem que fosse debaixo de toda a chuva do dilúvio. Ficasse ele ali e talvez nem sequer a missa de domingo e dos dias santos, que cada vez mais eram ditas mais tarde, seriam rezadas. Voltara. Desistira. Não se poderia negar que não tivesse lutado muito. Falou. Bradou. Berrou. Ameaçou o povo com castigos tremendos que desceriam do céu sobre a cabeça amaldiçoada dos preguiçosos...

Mas que castigo maior haveria para um povo do que a indolência que gerava a aversão ao progresso? Do que a própria negação da terra pela preguiça?

Padre Gonçalo retornou triste. Seu olhar tinha a mágoa de uma ilusão irrealizada...

Lembro-me de que...

Balancei a rede mansamente. O meu pensamento ficou descrevendo curvas, lentamente reproduzindo, ressuscitando memórias.

...Meus olhos se perdiam na paisagem, morrendo de sonhar.

O trem de ferro estava ali. As rodas cantavam nos trilhos, mas não me traziam monotonia.

Havia carvão, solavanco e calor.

Ainda por cima, o meu vizinho era um padre que às vezes roncava e às vezes rezava o breviário. De vez em quando, conversava. Por conversar, eu já conhecia todos os seus planos de futuro. E por sinal ele até já me incluíra na lista dos seus planos.

Ambos nos cansáramos das cidades grandes e procurávamos abrigo, distância e consolo para o coração.

– Eu me chamo padre Gonçalo...

Sua voz era suave. Deveria beirar os cinquenta anos. Era gordo. Dessas gorduras que adquirem uma tendência incômoda de sempre aumentar. Falava de um jeito caracteristicamente gordo e sem a mínima pressa. Distribuindo simpatia com as histórias tão grandes como as pausas que fazia entre cada frase.

– Leopoldina!... Sim. Leopoldina!...

Pelo entusiasmo e pelo modo enfático de pronunciar esse nome, a gente tinha a impressão de que a cidade se escrevia toda em letras MAIÚSCULAS. Sim. Uma vila que ficava na margem do Rio Araguaia. A sua grande vontade era aquela. Morar à beira de um grande rio. E o Araguaia possuía para a sua imaginação aspectos fabulosos, e ao mesmo tempo resumidos, de felicidade.

Morar à margem de um rio. Ver as águas passando calmas, como a vida. Ter uma paróquia pacata. Estudar os costumes dos índios. Ensinar-lhes a beleza de seu Cristo. Transportar almas difíceis para a mansão de Deus. Fixar-se sempre por ali. Assistir aos nascimentos e presenciar as vidas se reproduzindo. Tudo debaixo de seus olhos bondosos. Aquilo, sim. Uma missão espinhosa, mas sublime. Encaminhar almas bravias, almas bárbaras, diretamente para o céu. Almas que, sem ele, estariam forçosamente destinadas ao limbo.

...Às vezes, roncava, às vezes, rezava o breviário. Outras vezes sonhava em voz alta...

Balancei a rede que quase parara. O rancho rescendia a palha molhada. As recordações vinham aos pedaços, sem que pudesse enxotá-las.

...As estações se sucediam umas às outras. O carvão e o calor permanecendo constantemente.

– Atenção. Ipameri! Ipameri! Almoço em Ipameri!...

Descemos. Minhas pernas estavam bambas e desacostumadas.

Ali o trem demorava mais para a refeição.

Na estação, havia uma sala geral e coletiva, onde uma grande mesa circular apresentava uma toalha, naturalmente imunda. Suja de manchas de café e vermelha de molho de macarrão.

Pratos de beiras descascadas, talheres conservando a lembrança viva de restos de gorduras e esquecimento de água e sabão.

Nem era preciso acrescentar que as moscas invadiam tudo. Sem a menor consideração.

Sentamo-nos. O calor sufocava. Deu-me uma grande vontade de pedir uma cerveja gelada. Mas contive-me, entretanto. O padre Gonçalo poderia reparar... Mais tarde soube que o padre Gonçalo também tivera idêntico desejo e se contivera pensando que eu pudesse reparar.

Enfiamo-nos dentro do prato de macarrão, picado de pimenta. A fome ia perdoando tudo. O estômago parecia dar balanços com o alimento ingerido...

Tornei a balançar a rede docemente...

Numa das bem dobradas garfadas que o sacerdote levava à boca, uma mão estranha desceu sobre o ombro do padre Gonçalo. Uma voz grande e ribombante rebentou aos nossos ouvidos. Fomos virando ao mesmo tempo e demos com um padre grandão, de rosto escanhoado, azulado pela força da barba cerrada e que ria amigavelmente para o meu companheiro de viagem.

– Então, o nosso amigo Reverendo vai viajando?

– Pois sim, Reverendo.

– Viagem dura, não?

Padre Gonçalo parou para responder. Adiantei-me duas garfadas na sua frente.

– Com um pouquinho de boa vontade...

– Naturalmente o senhor se destina a Anápolis, não?

– Vou mais além, Reverendo.

– Goiânia?

– Um pouco mais ainda: Leopoldina.

O padre grande afastou-se um pouco e mirou o padre Gonçalo de alto a baixo, de um modo desconfiado, como se duvidasse daquela afirmativa. Depois soltou uma gargalhada imensa, que não se acabava mais, como se fosse uma cachoeira despencando-se pelas pedras.

– Leo-pol-dina? Ah! Ah! Ah!...

Padre Gonçalo muniu-se de uma desconcertante serenidade e confirmou:

– Sim. Leopoldina.

– Mas o senhor vai mesmo para Leopoldina?

E continuava dando gargalhadas intérminas, incomodativas.

Até eu fiquei um pouco desorientado.

– Mas o que é que tem Leopoldina?

– Pois o que tem é que Leopoldina não tem. Aquilo não presta. Creia, Reverendo. Aquela terra não presta. Ali é a rede da indolência. Ninguém faz nada nesse mundo. O clima tem gosto de preguiça. Uma preguiça pior do que cupim. Que devora a gente. Destrói a alma. Esfria a vontade. Toda gente se alimenta lá, mais de preguiça do que de comida... Eu já estive lá, Reverendo. Não há padre que se aguente por aquelas bandas. Quase não consegui sair. Desatolar... É uma preguiça morna, traiçoeira, suave, que vai se agarrando na gente... Gruda na alma e...

– Lutaremos contra isso, meu amigo. Agora que estamos avisados.

– Sim. Lutaremos. Eu pensava assim no começo. Julgava poder estimular o povo para o trabalho... Depois...

– Isso, Reverendo. É porque o povo ali não reza. Porque o povo se esqueceu de Deus.

– Qual o quê, seu padre! Eles não dizem uma palavra que não botem Deus no meio. Ninguém jura sem Deus por testemunho. É Deus pra lá, Deus pra cá... Mas trabalhar que é bom?... Pois sim.

– Vamos ver, Reverendo. Vamos ver.

– Em todo caso, eu lhe desejo boa sorte. E agora, meu amigo, depressa que o trem já deu o aviso...

Da janela do trem, ainda ouvimos o padre de Ipameri vaticinar:

– Não lhe dou três meses, Reverendo.

Riu e parecendo se lembrar de alguma coisa, gritou para o trem que fugia:

– Me traga de lá um aricocó!

– O quê?

– Um a-ri-co-có!

E a estação foi ficando para trás. Ainda se avistava a mão grande do sacerdote, descrevendo gestos gigantescos de adeus.

A sua voz tonitroante repercutia aos meus ouvidos de uma maneira incessante. Que estranha criatura. Que repelente produto dentro de uma batina mais lustrosa do que preta. Onde uma barba no rosto adquiria mais negror do que a batina!

Leopoldina seria mesmo aquilo? Teria o aspecto grotesco que aquela língua mal-aventurada descrevera? Não. Devia ser veneno. Inveja da liberdade conseguida pelo padre Gonçalo. E ele ficava ali, como uma espécie de espantalho, para estragar o prazer do pobre sacerdote que passasse no trem. Vinha um padrezinho despreocupado, procurando o sertão para descanso e zás! Ele saltava como um espantalho à beira dos caminhos para assustar. Mexia aqueles braços de moinho de vento. Soltava aquelas gargalhadas de cachoeira e pronto...

Já agora a paisagem perdera para mim o interesse dos primeiros momentos e significava tanto quanto os dormentes e os trilhos significariam para a locomotiva.

Virei-me para o padre Gonçalo:

– O senhor sabe o que é aricocó?

– Não tenho a menor ideia.

– Ah!...

Ahn-Xem-Ahn-Xem... A rede gemendo no balanço. Um sorriso se pregando nos meus lábios, gozando as minhas lembranças...

...Depois...

Ficamos hospedados num hotel modesto em Anápolis.

Uma poeira avermelhada se levantava asfixiante das ruas. Poeira que dias depois se transformou em lama. Uma noite, ouvi um barulho estranho. Abri a janela e enxerguei um céu negro com tonalidades de chumbo, que parecia se esticar.

Relâmpagos serravam a noite. E foi então que o firmamento se rachou e a chuva desembestou por cima da terra dos homens.

Chuva, dia e noite sem parar.

O velho míope que tomava conta da portaria do hotel e que se preocupava muito mais em tirar coisas do nariz do que com os hóspedes comentou de uma maneira calejada:

– É o tempo das águas que começa.

Virou-se para o padre Gonçalo.

– Vai chover muito, seu vigário. Se o senhor tem que viajar, viaje logo. Porque senão nunca mais sai daqui. As estradas vão ficar alagadas. Lama pura.

Em vista das circunstâncias, tratamos de procurar um caminhão que nos levasse imediatamente a Leopoldina. E todos os donos de caminhão que encontrávamos e com quem falávamos sobre o nosso intuito infalivelmente coçavam a cabeça, soltavam um "hum" soturno.

– Leopoldina?... Hum... Não vou não, seu padre. Aquilo não é terra não. A viagem é longa. As estradas tão se alagando. Não se pode levar muita carga. Depois não é só isso... Tem também...

– Também o quê?

– A gente não pode deixar o chofer ir só. Eu teria que ir também, porque senão...

– Senão o quê, seu Vicente?

– Chegando lá o chofer e o ajudante caem numa preguiça doida. Uma moleza danada. Começam a pescar, ficam o dia pendurados na beira do Araguaia. Se esquecem da vida... Não, seu vigário. Só o senhor indo de caminhonete...

Lama e chuva. Chuva e lama. Atola e desatola e Goiânia surgiu pela frente.

– Isso é que é Goiânia, padre Gonçalo?

– É, sim.

– Puxa! Eu pensei que pela publicidade feita na inauguração, que...

– Eu também. Mas não se esqueça de que foi uma cidade feita em dez anos.

– É.

– Bota o macaco! Cava a lama! Coloquem galhos de mato! Só fazendo estival...

E um dia, enlameados, mordidos de mosquitos, molhados de chuva, irritados com a hostilidade do tempo, chegamos a Goiás. A velha cidade de Vila Boa de Goiás.

Uma tristeza me alagava a alma, olhando a cidade morta. Repudiada. Ruas pequenas, estreitas e vesgas. Calçamento feito de pedaços de lajes. Igrejas de santos de olhos botucados. Tudo fedendo a velhice. Como se fosse o resto, o conteúdo de uma arca centenária emborcada sobre uma natureza linda.

O Rio Vermelho serpeando por dentro da cidade. Pontes em diversos lugares.

Parecia uma cidade de dicionário, onde sempre as vistas têm cem anos menos do que a realidade. Cidade cheirando a renda velha, mantilhas e naftalina.

A única construção moderna era a igreja dos frades dominicanos. Casas caindo aos pedaços. Abandonadas. Vida barata. Abacates gigantes a cem-réis. Muitos eram os aluguéis de residências que chegavam ao preço de dez mil-reis.

Em todos os seus aspectos, Goiás oferecia os sintomas de uma decadência avassalante.

O povo se mudava para Goiânia, a moça.

Goiás, uma cidade que proximamente seria relegada a posto de cemitério de almas penadas.

E ela era bonita.

Quando o Sol se escondia, os morros pareciam se unir para esconder no seio pardo o estertor da velha capital.

•••

– Aqui é o último lugar onde o correio chega. Não quer escrever?

– Não tenho para quem escrever, padre Gonçalo...

•••

Agora era uma canoa, descendo o Rio Vermelho para Leopoldina. Ainda me lembro da cara do boteiro quando o padre Gonçalo contou o seu destino.

– Mais, seu vigaro, vai mesmo pra Leopoldina?

– Sim, meu amigo.

– Mais vai mesmo, seu vigaro?

– Certamente, por quê?

Ele coçou a cabeça, matutou um pouco e custou a responder. Falou então uma coisa que se via claramente não ser o que pensava.

– É mode que nóis lá num temo vigaro. Vai sê bão.

– Por que vocês não têm padres por lá?

– Eles parece que num gosta...

E o Rio Vermelho dando curvas e mais curvas, parecendo não querer chegar. Ou talvez tornar-se preguiçoso à proporção que se aproximava dessa cidade, onde todas as informações colhidas coincidiam num só ponto: Leopoldina era a residência fixa da menor de todas as virtudes humanas: a preguiça.

Mais dois dias debaixo da chuva, correndo no rio. Vendo selvas formosíssimas. As árvores fazendo os cipós pularem corda. Tucanos, araras, periquitos, maracanãs, garças, patos selvagens, mergulhões enchendo o céu, elevando-se da mata, numa algazarra estonteante. Jacarés assustados mergulhando das barreiras para a água. Antas, capivaras, uma ou outra tartaruga, nadando medrosa, fugia.

O ritmo do remo batendo n'água trazia uma sensação de paz e de abandono.

Macacos comiam ingás nos ingazeiros das barrancas e a selva exuberante, imponente, dona de seus milhares de mistérios, nos ladeando sempre. Completamente indiferente ao nosso desbravar.

Leopoldina estava prestes a chegar. Leopoldina, onde o padre Gonçalo tentaria salvar as almas e eu... eu o quê? Viveria qualquer vida que fosse aparecendo.

Numa tarde, chegamos. Antes porém vimos as águas do Rio Vermelho se intrometerem por dentro das águas do Araguaia.

Então as barreiras começaram a crescer. Agigantavam-se.

A embarcação se aproximou da margem. Mais e mais. O proeiro encolheu o braço, apoiando com o ombro a cabeça da zinga, para evitar o baque contra a barreira.

– Chegamos, seu vigaro...

Olhei estupefato para cima. Ali, só divisava uma subida escorregadia. Não me contive.

– E Leopoldina?

– Tá lá em riba, moço. Pur trais da barreira...

A chuva escorria grossa.

Nesse momento, um preto desceu a ladeira, beijou a mão do padre Gonçalo e apertou a minha, depois dirigiu-se para a beira d'água, onde enterrou um pau no chão.

Era o preto Virgílio medindo as águas...

•••

São os últimos balanços da minha rede.

Padre Gonçalo se fora dentro da chuva e dentro da tristeza. Seu último olhar traduzia mágoa.

Uma coisa conseguira. Lutar contra si próprio. Contra aquela dose de preguiça infinita que o invadia gradativamente e reagira: uma ovelha sã não salva um rebanho perdido.

Montara um cavalo magro e, mesmo debaixo do aguaceiro despejado, partira em busca de Goiás. De lá retornaria ao ponto de partida. Para a base de tantos sonhos, tantos planos bonitos.

Ainda me lembro de quando fui despedir-me dele. Quando me perguntou se eu...

Mas eu não quis.

Falou com voz apagada para os amigos. Trançou os pés dentro dos arreios. Ia pôr o cavalo em marcha, mas lembrou-se de uma coisa. Enfiou a mão no bolso e trouxe à superfície o molho de chaves. Estendeu-me a mão com as chaves não reconhecidas e pediu-me que as entregasse para Rosalina, a mulher de João Cabeludo, que tinha tanto coidado com a igreja.

Tocou o cavalo, abanou um adeus seco e partiu dentro da chuva.

Havia tristeza nos olhos presentes. Com uma sensação esquisita a me invadir, fiquei com o molho de chaves enferrujadas, balançando entre os dedos. E elas se entrechocavam com um tinido rouco.

Permaneci espiando o cavalo que enfiava as patas nas poças d'água e ia afastando o padre Gonçalo das nossas vistas.

Quando chegou na curva da mata, ainda vi que se virava e acenava um adeus perdido com o seu lenço de riscadinho.

Nessa hora, o preto Virgílio foi à igreja e badalou o sino. E o dobre da saudade foi morrendo devagar pelos arredores...

Há dois meses que ele tinha partido. Bom sujeito o padre Gonçalo.

Talvez que fosse melhor ter ido também com ele. Mas acho que não. Para quê? Para sentir a minha vida nula, plana e branca, esboroando-se nas calçadas da civilização, perdendo-se nas entranhas de mil ruídos assassinos? Não.

Aqui a vida é diferente. Aqui, as coisas ainda são novas para mim. Não me custa nada sair de mim mesmo, das emoções que me pertencem e apreciar o viver dos outros. É isso. Um jogo. Utilizarei os seres humanos na sua realização fantástica e sensacional, olhando de perto toda a sua movimentação. Perscrutarei a profundidade de seus sentimentos. Analisarei as suas reações exteriores. Sondarei as sensações oscilantes de uma raça falida...

Um dia, agora estou decidido. Escreverei um livro, onde a trama principal será a indolência. Onde o povo viva tão perto e tão longe da terra. Relevando e revelando a preguiça que jorra dessa Terra da Promissão não germinada.

Não me engano dizendo que há seis meses estou bem ancorado nesse porto.

A rede carinhosa e amiga, protetora do meu cansaço inexistente. Como inexistente? O descanso também cansa. Na minha situação ninguém sabe diferenciar cansaço e descanso.

– A rede vai ser abandonada dentro em pouco.

Uma outra vida aparecerá nova e latejante. Porque a chuva vai parar.

A chuva cansou-se de chover. Agora irá dormir de seis a oito meses nas redes das nuvens do céu.

Djoé chegou e anunciou-me:

– Dotô, carajá vai saí da choça e vai gritá: "Chuva acabô!". O céu vai ficá bonito! Praia vai aparecê! Carajá vai dançá Aruanã!...

– Vai, Djoé?

– Vai, dotô. Sempre é assim. Eles vai dançá seis meis sem pará. Sempre foi assim.

– Eu sei, Djoé. Sempre será assim.

●●●

E a chuva parou mesmo. Estancou-se o sangue branco da ferida do céu. Parou aos poucos como se as nuvens se controlassem. Como se equilibrassem as águas nas nuvens lá em cima.

Os dias foram ficando mais transparentes. As tardes abreviavam o luto, tornando-se menos cinzas.

E o carajá saiu da cabana. Deixou o colo macio e fartou-se do cafuné soporífero.

Trepou na barranca do rio, fazendo do seu corpo uma bela silhueta musculosa, gritou para o alto.

Não choveria mais. Canan-siuê é bom. Abençoava o tempo e não queria tristezas. Canan-siuê queria cantos, danças e sons de maracás.

A voz do índio gritando na barreira proporcionava uma sensação gostosa de diferença.

Criei ânimo; meti os pés de banda e saltei da rede para dentro da vida que ia começar a latejar.

Dessa vez, a rede ficou balançando sozinha.

Bem que Nana, a mulher-dama, me dissera:

– Doutor, isso não fica sempre feio. A *lluvia* passa. Vem o primeiro dia de sol. Um sol *blanco*. É o dia *blanco*. Depois vem a primeira noite de Lua verde. Uma Lua diferente. Então, é que Goó aparece para cantar as canções mais bonitas desse mundo...

•••

Que alegria que tive.

Surgiu desconfiado, amedrontado, por trás das últimas nuvens escuras que desmaiavam no céu.

Sol de olhos inchados e sonolentos. Ainda mal desperto de seis meses de sono, olhou o céu, espiou para a vida e foi acordando.

Bocejou no ouvido do vento que se tornou imediatamente morno. Derrubou todos os últimos pingos que adornavam as árvores verdes e que estavam apodrecidas de verde pelo excesso da cheia.

Subiu um pouco mais. Enxergou um céu pálido e esmaecido. Elevou os seus raios e varejou o firmamento. Espanou as nuvens, feias como teias de aranhas. Aqueceu a abóbada do céu e o azul apareceu por toda parte. E como esquentava!

Agora já não era mais o sol do dia *blanco* de Nana. Estava vermelho e sanguíneo para colorir o dia, esquentar as barrancas do rio. Beijar as costas largas de todos os índios.

Até as águas do Araguaia, barrentas e tristes, adquiriram um tom brilhante e furta-cor.

O carajá exultou de alegria e cantou o hino ao sol: *Tchu auititire! Tchu auititire manakereki!*

Sol belo! Sol belo! Venha até aqui!

As garças brancas pousaram sobre as folhas verdes já sem pingos. Os colhereiros abriam as suas asas róseas, nas copas mais altas, para secar.

O triste jaburu desceu sobre as barrancas desertas e pensativo encolheu uma perna, fitando as águas caminhantes.

O jacaré botou a cabeça fora d'água e aproximou-se das margens do rio para se esquentar também.

Agora, sim! A vida estava bela!

Mais bela porque prometia esperanças. Os rios secariam. As lamas secariam.

As águas do Araguaia, sentindo saudades da chuva, murchariam de desgosto. Tornar-se-iam tão magras, a ponto de se azularem, transparentemente. E, assim, a tartaruga seria vista nadando no fundo do rio. O peixe seria mais facilmente apanhado. As flechas velozes dos índios mergulhariam nas águas e fisgariam os pacus, os tucunarés e os piaus de camisas listadas como malandros...

Depois secariam as estradas e o mantimento chegaria a Leopoldina, vindo de Goiás.

As novidades surgiriam antes, galopando pelas estradas recém-secadas do sertão.

A cintura do rio emagrecendo cada vez mais mostraria para a vida a espádua branca das praias, distendidas pelas areias alvas.

Os jacarés e as tartarugas pensariam em desovar nos lugares ermos.

Os índios passariam a morar à beira das águas, ouvindo as histórias que o rio conta.

As gaivotas em alarido seriam donas de todas as praias desertas.

Desceria o primeiro garimpeiro, cantando na sua canoa a sorte que ainda não teve e que viria um dia. Atrás dele viria uma porção de outros homens semelhantes que cumpririam o mesmo destino. Garimpeiros de Mato Grosso deixando o Sul em busca dos garimpos do Pará.

O preto Virgílio está sorrindo. Tão cedo não precisará colocar o pau fincado na beira das águas. O rio agora descerá sempre. As cheias já se foram.

Eu pensava em tudo isso vendo o primeiro dia *blanco*.

E quando a tarde desse dia caiu, o poente que tem a vaidade do índio se debruçou sobre as asas dos colhereiros, refletindo nas faces um róseo esmaecido.

Com a chegada da noite, as garças brancas se levantavam em direção ao céu.

Segundo o índio, elas iam subindo, subindo, subindo, e se pregavam na asa da garça negra da noite e formavam as primeiras estrelas do tempo das secas...

Capítulo Décimo

LUNA VERDE

Apareceu a primeira ponta da primeira praia. Era uma areia inda molhada, de tonalidade quase branca e reluzente.

Mas o sol tornou-a caprichosamente branca.

Depois, outras areias foram aparecendo, surgindo baças como as primeiras. E o sol, que já tivera o trabalho de secar as folhas das árvores e colorir o céu de azul, ia pouco a pouco descolorindo-as para que ficassem tão alvas como o dorso das garças.

Dava-se então a reação, a ofensiva das areias contra a retirada das águas enfraquecidas por falta da chuva.

O Araguaia foi cedendo. Suas águas não invadiam mais. Passou a morar pacificamente no seu leito, distendendo-se nos seus milhares de canais.

Deixou em paz as terras invadidas, onde por toda parte a areia era uma grande bandeira branca, reluzindo ao sol. Bandeiras brancas que se colavam também às barreiras ensanguentadas pelas últimas enchentes do rio.

As areias se alimentavam com o vento da vida e lâminas de luz. Elas se reuniam por toda parte, por todo canto.

Segundo o índio, elas se juntavam para que do meio da brancura do seu ventre saísse a Lua. E no momento que ninguém visse, as areias cresceriam até rachar. Então, uma mulher muito branca e de seios prateados surgiria das praias e andaria, maravilhada com a vida, dez passos para a frente. Abriria suas enormes asas brancas, formadas das espumas do rio, e voaria em êxtase para o ventre da noite...

●●●

Djoé apareceu no meu rancho.

– O que há, Djoé? Você desapareceu? Esqueceu-se dos amigos?

– Não, dotô. É que as praia...

– Sei. As praias estão aparecendo e então o índio se esquece da vida, se esquece da gente...

– Djoé num esquece, dotô.

– Você quer alguma coisa, não?

Ele riu, do seu jeito rouco.

– Fumo, Djoé?

– Fumo, sim.

– Não tenho mais cigarros.

Meti a mão no bolso e apanhei uns níqueis.

– Você vai no boteco de Janjão e compra.

Ele recebeu o dinheiro e se foi. Sorrindo de alegria. Senti-me bem com aquilo. Fazer a felicidade barata de alguém com uns miseráveis níqueis!

Mais tarde ele voltou. Apanhou o banco, soprou a poeira do abandono e sentou-se, dessa vez fora do rancho, espiando a tarde.

Com a diminuição das águas, meu rancho se distanciara do rio e as praias ficavam mais distantes.

Olhei os olhos miúdos de Djoé. Uma sombra de tristeza perpassava por eles.

Colhereiros róseos voavam em busca do poente. Eram os círios da tarde.

Mergulhando a vista nas águas do rio que se azulavam com a vinda da noite, Djoé mergulhava-se na saudade.

No velho corpo, ele guardava a eterna transfusão de terra. Amava a natureza como só o índio pode amar: amor de homem, amor de bicho, amor de árvore.

Cada coisa era motivo de recordação na sua memória descansada. Ele mesmo já me contara algumas vezes o que pensava naquele momento.

...Quando era moço saía da fazenda onde fora criado e vinha ser índio novamente.

Então, eram os banhos no rio. Derivar a canoa. Pescar diduéra com flechas pequenas. Pescar as piranhas. Atirar nos jacarés.

Djoé fora belo e forte também. Ligeiro como capivara, alegre como jacamim.

Dançara o Aruanã, nas noites de lua. Lutara com os guerreiros mais fortes, tendo o corpo nu, pintado de vermelho de urutu e tintas de jenipapo formando desenhos azuis. A cabeleira negra se enfeitava com penas de arara amarelada e luzia de tanto óleo de babaçu. As pernas e as nádegas cobriam-se de penas tenras e macias, arrancadas de marrecos selvagens.

Tudo há tanto tempo. Tudo que a idade não lhe permitia mais fazer.

Era assim mesmo a vida. Primeiro gozar, fazendo. Depois gozar apenas, vendo os outros fazerem...

Fiquei pensando também.

Um dia eu serei velho. E não terei essa tristeza. Por que dizer que velhice é triste e não uma parte obrigatória da vida? A vida, sim, essa é que é triste. Triste no total, indivisível em qualquer parte como a túnica inconsútil.

Ser velho é viver numa fase de observação. Onde a gente só espera dos outros. É só aguardar com calma indiferença a morte que se aproxima. Sentir a vida que diminui, as horas que correm indiferentes a quem suplicar que elas atrasem.

Eu não corri como os outros, desejando que nada se atrasasse. Não voei dentro da vida, antecipando as sensações, indo ao encontro do que tem de vir. Não possuí a ansiedade gerada do excesso de tanta vida.

Mais tarde, não tive o primeiro cansaço, não tive o primeiro pedido para que a vida não corresse tanto.

O tempo não me socorreu nem me respeitou, porque dele não precisei.

Não tive brilhos na infância, nem desenfreamento na mocidade.

Posso parar e a vida continua. Serei um velho naturalmente velho.

Olhando desencantado a vida dos outros que começam. A arrancada dos outros novos para dentro da voragem.

Ficarei abandonado, sem saudades. Sem lembranças. O tempo morrerá dentro do tempo. E as árvores continuarão a se reproduzir...

Mas Djoé não pensava assim. Seus olhos tristes perdiam-se no rio, nas praias e, mais ainda, na saudade mansa.

Levantei-me e me sentei junto dele.

– Bonito o rio, não, Djoé?

– Bunito, dotô.

– Nunca tinha visto praias tão alvas em minha vida!

– Elas fica mais bunita quando chegá a noite de lua.

– Será a Lua verde de que tanto Nana fala?

– É, dotô. A Lua verde vai chegá. Depois vem Goó, o cantadô. Vai conhecê ele, dotô. Goó é meio branco e meio índio.

•••

Uma semana depois, a Lua verde apareceu.

Que interessante tudo ali ser anunciado com antecedência e acontecer como fora anunciado!

Primeiro, o dia branco. Agora, a Lua verde. Depois viria Goó, o cantadô, o homem meio branco e meio índio.

Quando a noite amadureceu, um clarão delicado arranhou o céu.

Era a *Luna* verde de Nana.

Foi-se elevando devagar e medrosa.

E pasmem os céus! A Lua tinha mesmo uma cor esverdeada.

Diziam que a Lua perdera a prática de clarear. E que no primeiro contato, esquecida da própria cor, refletia no seu espelho o verde de todas as selvas.

Só aos poucos ia melhorando. Adquirindo a cor da sua própria personalidade. Deixando de clarear as matas, refletia-se na alvura das praias.

Surgiu então uma vida nova.

Os índios foram dançar na praia à sombra branca da Lua. Os cantos e os maracás ritmaram canções monótonas e os pés, confusos na areia, milhares de marcas deformadas.

Os violões dos brancos se afinaram.

Houve o aprontamento para o desafio malicioso do cururu. Desafios que muitas vezes terminavam em cenas de sangue.

Outros grupos, à luz da Lua, se reuniam para jogar baralho. E eram cartas tão ensebadas, tão descoloridas, que as figuras confundiam o sexo.

Outras pessoas colocavam tamboretes, cadeiras, bancos em frente de suas portas e conversavam histórias fantásticas, que à luz da Lua tomavam proporções maiores.

Eram os causos de assombração. Tesouros enterrados. Almas penadas nos centros das matas. Índio brigando com garimpeiro. Castanheiros valentes perdidos na selva.

Era a noite de *Luna* verde.

A primeira noite assim aparecia depois que a chuva parou.

A vida lá fora era bonita. A noite se embalava ao som dos violões que gemiam apaixonados.

Leopoldina, acostumada a adormecer com as primeiras estrelas que surgiam, parecia nas noites de lua não mais querer dormir.

As ruas se enchiam de passos pisando o capim, em todas as direções, vindos de todas as partes.

A Lua parada no céu parecia escutar as conversas.

Foi numa das rodas que ouvi novamente falar de Goó.

– O senhô num conhece Goó? Pois intonce vai cunhecê ele. É o maió cantadô do sertão. Ele há muito tempo véve no meio dos índios. Mora lá pras banda do fim da Ilha do Bananal. Fala tudo que é língua de índio. Disque nasceu de gente rica, mas se injuou da cidade. Tem uma história feia na vida dele. Esteve nos Tapirapé e mora mais uma índia carajá. Tem um fio.

– Eta, home bunito! É arto. Forte. Ri pur tudo. Os cabelo dele é tão loiro e cacheado e toca nas artura do ombro. A pele é bronzeada que nem a dos índio. Até no rosto, em riba dos óio, ele tem aquela marca redonda.

– E cumo canta, dotô! Cumo canta! Que vois! Que cantigas mais tão bunita! Goó é meio índio e meio branco...

Voltei para o meu rancho.

Joguei o corpo na rede e fechei os olhos.

A Lua verde ia começar a descambar.

O canto dos índios, a música dos brancos, foram perdendo a intensidade.

O balanço acariciante da rede veio puxando o lençol do sono sobre os meus olhos, devagarzinho...

De–v–a–gar–zi–n–h–o......

Capítulo Décimo Primeiro

GOÓ, O CANTADOR

Olhou em volta. Sorriu.

Encostou o violão em volta ao peito. Acariciou o bordão com as mãos compridas.

Tornou a olhar em volta e perguntou docemente, com a voz se escapando da boca que sempre ria.

– Que querem que eu cante?

No primeiro momento ninguém respondeu. Fez-se um silêncio até que uma voz se adiantou às outras e pediu quase suplicante:

– Cante o Carro de Boi, Goó.

Outras vozes concordaram satisfeitas.

– Sim Goó, cante o Carro de Boi.

– Pois tá feito. Lá vai.

Desferiu o dedo meigamente contra as cordas. Feriu de leve para não acordar, assustada, a alma do violão.

Um som gemeu com suavidade. Então, ele, Goó, suspirou.

Suspirava como se puxasse a alma e o coração para dentro da garganta.

A voz veio saindo. Morna. Suave. De primeiro quase soletrou o nome da cantiga.

Carro de boi...
Ca-rro de bo...i...

Parecia que a sua voz se transformava na queixosa lamentação das rodas de todos os carros de bois, gemendo parecido.
Fez uma pausa. Só então começou a cantar.
Ninguém falava. Ninguém. Até a noite silenciou nas selvas para escutar.
Os grilos morreram nas barrancas e os sapos adormeceram nos igarapés.
A luz de lamparina se imobilizou de todo e se refletiu nos olhos que sonhavam. Ficou dourando mais os compridos cabelos encaracolados que tocavam nos ombros do cantador.
Goó era artista. Era poeta. Tinha o dom de emocionar. De contaminar a alma romântica do homem bruto do sertão.
Carro de bois! Era isso. O retrato do sertão. A imagem viva de todas as estradas empoeiradas, silenciosas e longas. O mistério das distâncias perdidas. O grito estrangulado entre os cerrados, afastando as sombras do silêncio. Terra dormida. Dorso de selvas. E a roda dolente que geme e não geme, que chora e não chora, clamando contra o progresso demorado. A civilização esquecida do sertão.
Cada homem ali com um carro de bois no coração, à guisa de saudade.
O canto bulindo com o peito de cada um.
Rodas gemendo. Cana cortada. Madeira aparada: sertão! Pilão ressoando. Machado cantando. Roças brocando: sertão!
Sertão: carro de bois, gemendo.
Rodas mais redondas que a Lua. A Lua mais bonita do mundo: sertão.
Rodas cantando. Unindo os homens que também conhecem todas as estradas empoeiradas, silenciosas e longas, os

mesmos campos verdes, as mesmas poeiras roxas das terras caminhadas, as mesmas viradas da serra, os mesmos atalhos da mata, o mesmo mistério das selvas que as rodas dos carros de bois conhecem...

Carro de bois-saudade. Carro de bois-distância. Carro de bois-saudade.

E Goó cantava:

Carro de bo-i...

Aí a sua voz foi mais ligeira:

Toca Chico-Boiadeiro
Toca Chico, o Gavião!
Toca Chico, o Sucuri!
Toca Chico o meu sertão...

Desferiu de novo a toada no violão e atrasou a voz.

Era ele quem fazia os versos e completava a sua poesia com a música da sua voz:

Carro de boi...
Que vem descendo lá da serra
Lá nas estradas ensolaradas do sertão
Carro de boi, você gemendo essa toada
Mexe a sodade dentro de meu coração...

A voz entrava na alma da gente. Voava pelo teto do botequim. Saía pela porta. Subia dentro da noite. Alcançava o céu e se pendurava no bico de todas as estrelas.

A voz de Goó encantou os homens. Paralisou a luz da lamparina. Transformou o cheiro de cachaça em canaviais verdejantes, balançando-se ao vento.

Mas Goó não acabou:

Carro de boi, eu te escutei a vida inteira.
Carro de boi, nunca te esqueço, nunca mais.
O teu cantar eu conheci quando menino.
O teu gemer, eu encontrei quando rapaz.
Carro de boi, você gemendo essa canção,
Mexe a sodade dentro de meu coração!...

Fez uma pausa pequena. Seus dedos ágeis dedilharam a melodia e repetiu o estribilho:

Toca Chico-Boiadeiro
Toca Chico, o Gavião!
Toca Chico, o Sucuri!
Toca Chico o meu sertão...
Carro de bo–i...

Parou. Riu. Ouviu as palmas. Riu de novo.
Seu É-num-é não se conteve:
– Você, Goó, é o maió cantadô do sertão.
Ele riu. Ria sempre. Aquele riso traduzia desgraça e não a felicidade que os outros pensavam. Era uma evasão de dor. Seria aquela história que me falaram por alto. Ele fazia o possível para ser feliz, para se confundir com a felicidade tosca do sertão que também canta a canção de todas as distâncias.
Janjão não se esqueceu, não. Virou-se para a prateleira.
– Vamo virá um pro cantadô...
A cachaça que era de novo cachaça e não os canaviais verdejantes, balançando-se ao vento, escorreu por dentro do copo.
A boca da garrafa bateu de encontro ao copo, cantando canções de vidro. O líquido gorgulhou esbranquiçado. Goó, o cantador, meio branco, meio índio, virou o copo.
Deu um estalo com a língua, lambeu os lábios e sorriu.

– Cante outra, Goó!

– Que é que ocês querem que eu cante agora?

– Cante a canção de Marabá!

– Isso, Goó.

– Cante essa mesmo.

E ele cantou. Cantou na voz bonita a cantiga que contava as histórias do garimpeiro de Marabá. A mesma história triste de todos os garimpeiros. Do homem jogando contra a sorte para ganhar a vida.

Terminou.

Bebeu mais um trago grande de cachaça e sorriu. Agora, dentro de seus olhos, morava uma felicidade de febre.

– Cante mais, Goó.

E ele cantava.

Vieram as canções de índio, canções de terra, canções de rio, canções de sertão. Cantigas que agora enriquecia com a loucura poética da sua embriaguez.

Cantava...

Parava...

Sorria...

Bebia...

Depois, pouco a pouco, foi parando de cantar. A voz ia diminuindo de canção para canção. A bebida fazia efeito com muita força.

Os olhos diminuíam cada vez mais. Cada acorde saía mais baixo. Os dedos trabalhavam com dificuldade. As cordas se misturavam. As estrofes se repetiam, inconscientemente. O sono misturava os sons...

Mas ele ainda queria cantar para agradar. Cantar. Sorrir. Aliviar a alma. Pelo menos fazer o povo sorrir. A cabeça ia derreando aos poucos.

A voz quase não saía mais.

Os dedos se paralisavam.

A cabeça veio descendo lentamente até tocar a madeira do violão.

Juntava o peito largo ao peito do violão que guardava o segredo da poesia, as saudades do seu coração, os gemidos dos carros de bois... Sim, Goó, o cantador. O maior cantador do sertão dormia embriagado.

Nana veio. Foi tirando, com cuidado, o violão dentre os seus braços fortes. Pediu que o carregassem para o seu hotel. Que o levassem para o seu quarto...

O povo se dispersou feliz.

O cheiro da cachaça se misturou com o ar da noite, que entrava pela porta vazia.

A selva acordou.

E dentro, a luz da lamparina se movimentou de novo, balançando a cabeça, mansamente, de um lado para o outro...

Segunda Parte

NOITE DE LUA

Capítulo Primeiro

NOITE DE LUA E BEÉ ROKAN

E nunca mais me preocupei com o tempo.

Sentia que ele estava passando e que a vida caminhava todos os dias pela mesma senda.

Leopoldina se enriquecia no tempo da seca. Vinha gente de toda parte. Garimpeiro descendo o rio a toda hora. O porto estava movimentado.

Havia abundância de víveres, chegados de Goiás. Aparecia gente de Anápolis para ver a dança dos índios e se pendurar na beira do rio, pescando.

Agora, ali era o paraíso. Nada havia de que se queixar.

Durante o dia o Sol queimava em fogo. E as noites apareciam frias, espantando os mosquitos, matando as muriçocas.

O segundo mês de seca estava por se findar.

Um dia, Djoé chegou ao meu rancho e anunciou:

– Dotô, o Geral vai chegá.

– Que diabo de Geral é esse?

– É o vento. O vento da saúde. Vai soprá quinze dias. Depois o rio num desce mais. Maleita se acaba. É o vento da saúde.

E por uma daquelas manhãs, o Geral chegou. O céu estava completamente azul. Não havia uma só nuvem na pele do firmamento.

A selva começou a se abanar de leve. O vento foi chegando. Chegando mais e com gosto de morno. A selva se remexia. Dançavam os cipós. As águas do rio se encrespavam todas. O teto dos ranchos assobiava e oscilavam as pontas das palhas.

As canoas encostaram-se nas margens com medo do banzeiro do rio.

Só se viajava de noite ou no começo da morte da tarde, quando o vento estancava.

Ventava desde o começo das manhãs até às primeiras estrelas. E como poderia ventar se não havia uma única nuvem pelos espaços? Se em toda parte o céu estava limpo e puro? Mas ventava. Dava gosto sentir-se o vento com aquela mornidez acariciante sobre as nossas costas escorando o fogo do sol.

Certa manhã, a selva amanheceu parada e o rio adormeceu de novo. O Geral partira.

Desde então ninguém mais adoeceu. A febre desapareceu de todas as taperas. O mosquito morreu com o frio que o vento aumentou. O rio tornou-se transparente tornando o peixe mais fácil de ser pescado.

Abandonavam-se as redes nos ranchos por quase todas as horas do dia. O povo se metia pelos lagos, pelos igarapés nascidos da cheia e que secariam em breve. Iam à procura de peixes. Armavam-se de arpões e retesavam-se firmes, nas pontas das ubás, para fisgar os pirarucus.

Eu mesmo já tinha aprendido a fazer aquilo. Saía na companhia de um índio ou de um tori (branco) em busca de uma água parada.

Segurava o jacumã, enquanto o índio perscrutava as águas quietas.

Na ponta de ubá, o índio se imobilizava, sustentando no braço levantado o arpão.

Qualquer contração na sua face me avisava que deveria prestar atenção, porque o *bêdolêké* (pirarucu) andava por perto, cochilando. Aquilo também era um anúncio para que se ficasse mais firme no sustento do jacumã.

De repente, um estremecimento na canoa. O braço descia rápido. A mão do índio enrolava a corda do arpão até o punho. Eu me firmava com força no cabo do remo. E começava uma luta diabólica. Ferido, o peixe saltava, parecendo espumar de ódio. Pulava meio metro fora d'água, respadanando-a por todo canto. Tinha-se a impressão de que a canoa viraria. Mas não.

O índio não soltava a corda. Eu não afrouxava o remo. Trocava-o de um lado para o outro, equilibrando a embarcação de acordo com as direções provocadas pela dor no peixe. A embarcação corria às tontas pelo lago. O peixe a arrastava por todos os lados, numa demonstração de desespero...

Os músculos da gente pareciam querer saltar das costas, dos braços.

Depois de quinze minutos de luta, o pirarucu ia afrouxando. Afrouxando mais e mais. O índio vinha puxando o peixe para junto da canoa.

Quando ele percebia a aproximação da canoa, tinha nova crise de revolta e tornava a espalhar água, ensopando até o rosto da gente.

Mas aqueles acessos iam diminuindo, diminuindo, naturalmente aumentados pela dor e pela perda de sangue.

As forças começavam a lhe faltar de todo. Ei-lo encostado à ubá. Suspenso até à borda, onde o remo impiedoso terminará os últimos momentos. Erguido então com dificuldade, porque a embarcação é frágil e o peso, grande.

Respirávamos aliviados quando o peixe jazia no fundo da ubá. Passara o perigo de virada, e os lagos em geral eram refúgios de milhares de piranhas vermelhas e jacarés, ali escondidos para fazerem o mesmo que fazíamos: a pesca.

A vida revivia agora de um grande período de inatividade. E era bom. Quem não ia à pesca se atarefava em qualquer coisa, exceto plantar. Por que raios ninguém gostava de plantar?

Outros desciam o rio, recordando paisagens. Tanto descia o índio com as suas canoas repletas de quinquilharias, trouxas e papagaios tristes e encolhidos, como o branco. Era a época das visitas. Iam rever os parentes e amigos, perdidos naquele mundo de águas.

Quantas vezes uma canoa de índio não apareceu à minha vista com aquele aspecto interessante: canoa comprida, com toda uma família no centro, esteiras e cobertores, cães, papagaios e utensílios de barro...

Mais tarde eles voltariam...

O velho Araguaia se movimentava. O motor, que estava quebrado desde a minha chegada a Leopoldina, viera uma vez de Belém do Pará. O rio se secara até o tamanho natural. Agora, para se viajar, era preciso o conhecimento dos canais.

Os índios dançavam a Aruanã naquela eterna monotonia. Dia e noite sem parar.

Eu ouvia a vida do meu rancho. No começo, quando descia a noite, me irritavam o canto e os maracás do carajá. Depois fui me acostumando. O que mais me impressionava era a vida no rio. Ah! Velho Araguaia!

De uma feita perguntei a Djoé qual o nome que os índios davam ao rio. E ele me disse que era *Beé Rokan*. Explicou o significado.

Beé – água e *Rokan* – grande. Água-Grande.

Araguaia, o vale das araras era também água para banhar.

Desde esse dia preferi chamar o rio amigo de *Beé Rokan*, usando da velha intimidade dos verdadeiros habitantes daquela terra.

As águas cantavam: *Beé Rokan! Beé Rokan!...*

Desde que o vento tinha passado, o porto ficara vazio.

As embarcações acumuladas por causa do Geral tinham se dispersado.

Deixaram os viajantes de percorrer o rio, perto das margens e sem perigo do banzeiro, transitavam livremente pelos canais do centro.

As notícias apareciam de todos os lados. Histórias de garimpeiros, notícias de doenças, assassinatos realizados por índios. Brigas de vaqueiros atravessavam de boatos todas as estradas do sertão e chegavam rapidamente a Leopoldina.

As noites eram cada vez mais frias.

O tempo ia passando. A vida rolava na mesma continuação, os dias do tempo da seca passavam mais rápidos.

Ninguém notava.

Djoé veio me contar que a noite de lua seria dentro em breve.

Claro que já sabia, porque sempre observava o céu. Gostava de ver as estrelas na selva, sem medo da luz dos postes, se aproximarem muito mais dos homens.

A vida me satisfazia plenamente. Estava contente em ser o dotô que ensinava uma hora por dia ao preço da comida os alunos da escola de Dona Betinha. A escola era dos índios, do Serviço.

Deliciava-me vendo aquelas feições de bonzo, luzindo os olhos e tentando aprender com atenção.

Que maldade obrigar-lhes a aprender o Hino Nacional, se bem que eles gostassem da palavra Ipiranga.

Eles se afeiçoavam a mim, chamando-me também de dotô. Às vezes lembrava que se há alguns anos me perguntassem se seria capaz de ensinar crianças... eu...

Entretanto aquilo dava felicidade. Tinha que confessar para mim mesmo que não estava totalmente deteriorado nos sentimentos de solidariedade para os meus semelhantes.

E veio mesmo a noite da lua. Surgindo de dentro da mata, por trás das águas do rio, a Lua, que um dia saíra do ventre da areia.

Leopoldina criou vida. O índio cantou mais alto, tentando abafar os violões que se afinavam.

Da minha rede ouvia tudo. Era mais uma noite de lua. Lembrei-me de espiar a noite maravilhosa que se anunciava pela música de fora.

Seu É-num-é me deu boa-noite e me perguntou:

– O dotô num qué ouvi uns causos na praia? Vão contá muita história interessante...

Pensei um pouco. Talvez que Teluíra viesse ao meu rancho... Teluíra... Doce Teluíra... Aquela fruta nativa que se intrometia dentro das sombras da noite e vinha para a minha rede. Lembro-me que da primeira vez ela me apareceu e sem a menor cerimônia pegou-me nas mãos e conduziu-me para as areias da praia.

As areias eram macias como macio era o corpo de Teluíra.

A primeira noite de amor com a carne selvagem me desorientou um pouco. Não só pelo inesperado do acontecimento como também pelo odor do babaçu misturado com outros cheiros do mato, entrando pelas narinas. Aquele cheiro de coisa nativa provinha do corpo moço e dos seios morenos da indiazinha... Depois, me acostumei com o perfume daquela selva moça e rescendente, daquela areia macia e morna, alisando o corpo da gente...

Podia ser que hoje Teluíra fugisse da aldeia e viesse às escondidas me procurar.

Por outro lado, havia em mim a curiosidade de ouvir os casos sobre as coisas mais misteriosas do sertão...

Espiei para o seu É-num-é que, parado, me esperava.

– Eu vou, sim.

E caminhamos os dois, dentro da lua, debaixo da pouca sombra da noite.

A areia branca da praia aparecia como um grande lençol estendido para coarar. As praias tornavam-se mais alvas com a luz da Lua.

Encaminhamo-nos para elas. A cidade ficou lá atrás, cheia de música. Rebentando de vida.

Ao longe os índios dançavam e cantavam o Aruanã. Os seus pés roçando no chão produziam um som de choque-choque, numa monótona conversa entre o pé e a areia.

Divisamos uma coivara. No canal do rio, quem passasse de canoa divisaria uma coivara ardendo, incendiando a brancura da praia e ruborizando a superfície do rio.

Vultos se embuçavam em cobertores. Fazia frio.

Em volta da fogueira, surgiam os casos, nasciam as lendas. Criavam-se as histórias onde a mitologia, a fantasia, a bravura apareciam numa promiscuidade necessária.

Eram ao todo uns vinte homens.

Dei boa-noite e me acocorei perto das achas de lenha em labaredas.

Olhei de novo para a noite. Estava linda. Linda como são todas as noites do Oeste quando chega o tempo do frio. Quando as águas vão embora, levando a ameaça das febres bravas e a praga das muriçocas.

O *Beé Rokan* imenso e preguiçoso, borbulhando soturnamente na sua massa d'água, corria comprido na sua eterna rota de andarilho indiferente.

A Lua passeava no céu, sem pressa, assobiando no seu silêncio uma canção malandramente branca.

Dava até a impressão de que ela se aproximava mais da Terra para escutar as histórias dos homens.

...Eram muitos homens em volta de uma fogueira. Alguém falou:

– Quando dá fé, seu Libânio, o senhô deve de tê argum causo para contá.

Ele riu e retrucou.

– Só se nóis fizé uma coisa. Um trato. Cada um faz o pussive de contá o seu causo. Si quiserem ansim, dô cárculo de minha história. Tá feito?

– Tá.

– Entonce vô principiá um causo. E eu quero que dê bichera nas minhas crias, se um dia eu tivé fazenda, se o que conto fartá à verdade.

– Vancê sabe que aqui de nóis ninguém lhe aduvida da palavra...

– Vós mecês cunhecero o Tio Florêncio? Entonce vô lhes contá...

E numa linguagem simples, dificílima de ser reproduzida, começou a contar essa história. Faço o possível para poder traduzir a meu modo toda a força e beleza desse conto goiano, saído da boca de seu Libânio.

Aí vai, pois, a história do...

Capítulo Segundo

TIO FLORÊNCIO

Para quem conhece as grandezas e misérias, principalmente as misérias do garimpo, nada é tão comum como ser vítima das febres bravas, conhecidas geralmente como maleita.

E as febres, que torturam, provocam a tristeza da solidão. A solidão revolta o homem contra a selva. E a selva produz a loucura.

Há quase três anos vivia garimpando.

O garimpeiro antes que tudo tem que ser um bruto para não sucumbir à dureza da vida.

Nesses três anos de desconforto e temeridade, arranjara por companheiro o velho Florêncio.

Florêncio, caboclo tarracudo, queimado de sol e sobremodo expansivo, viera do Piauí, terra de onde saem os mais mal-afamados homens dos garimpos, homens que vivem da grupiara e das bateias.

Éramos ótimos amigos, como podem ser duas criaturas, eu com os meus vinte e um anos e ele com os seus desassombrados cinquenta e seis.

As criaturas inexperientes e jovens, quando caem na malha ilusória do garimpo, por vezes encontram um amigo assim. O velho Florêncio, que Deus o guarde, pois já morreu, era mais que meu amigo. Uma espécie de protetor. Não tinha ninguém no mundo...

Com ele conhecera a Baliza e todos os garimpos de Mato Grosso. Com ele mergulhara em muitos escafandros, no fundo de Marabá. Juntos bateamos ouro no Tocantins, como juntos rebentamos cristal no Pedral e Jacundá. Unidos, rasgamos selva para colher cristal no Pium.

Nossas mãos eram monstruosamente calejadas, nossos pés desproporcionados e nossos dorsos, musculosos e retalhados.

Dessa vez, a gente vinha de Marabá. Íamos voltar para a Baliza ou talvez Cassinunga e passar o tempo das águas, repousando.

Subíamos com uma dificuldade tremenda o Araguaia.

Já havíamos atingido a cauda da Ilha do Bananal.

Lago Grande ficara para trás. Furo de Pedra aparecera...

E os dias foram passando. Nossa canoa, adquirida aos índios carajás, continuava vencendo a meta da subida. A ilha permanecia imutavelmente à nossa esquerda.

Uma tarde... Lembro-me como se fosse hoje.

Íamos encostar e fazer pouso. Minha vista começou a tremer. Um frio arrepiou-me um pouco.

– Tio Florêncio, as febres tão me pegando...

– Molhe o bucho cum pinga, que ela acaba.

– Num temo mais pinga.

– Tá ruim. É perciso que a gente guente mão no jacumã até se chegá na Casa Verde.

– Casa Verde? Que Casa Verde é essa que nunca me falaro? Nem mesmo durante os treis ano que tenho vevido pur aqui?!...

Tio Florêncio tinha um olhar misterioso e longínquo.

– Ah! A Casa Verde existe! Sim. A Casa Verde existe. Eu sei que existe.

– Mais aqui, na Ilha do Bananal?

– Daqui a poco você vê. Tá vendo aquela curva, donde tem um pé de simbaíba? Pois é lá. A gente anda quinhentos metro, seguindo um trieiro e topa cum ela.

Olhei surpreso para o velho. Seria mesmo verdade? Ou a minha cabeça, que ardia, transtornava o sentido das palavras?...

Remamos até o pé de simbaíba. Amarrei a canoa num toco. Apanhamos as redes, algumas comidas e outros materiais.

Tio Florêncio segurou a garrafa. Aquela garrafa encerrava o lucro de nossos esforços. Havia no seu interior alguns gramas de ouro e pedras de algum valor.

Encontramos o trilheiro. O velho não mentira. Começava a anoitecer... Meu Deus!... Precisei apoiar-me para não cair, tal o meu susto.

À nossa frente aparecia uma enorme casa verde. Ao seu lado, um pavilhão com uma grande escadaria. Nas janelas do pavilhão, cercados de telas e protegidas por grades, havia uma quantidade de grandes macacos que nos espiavam.

– Que coisa mais disconforme, tio. Eu pensei que só existisse desses macaco em figura de livro.

– Aqui tamém existe deles... Aqui nessa ilha existe de tudo.

Principiamos a subida da escada. O velho caminhava com certeza e estranha segurança, como se fosse conhecido da Casa Verde. Fomos dar numa sala. A porta entreaberta devassava um interior mal iluminado.

– Ali dentro, em vorta de uma mesa, tem quatro gente morta.

– Como sabe disso, tio?

– Sei sim.

Fiquei amedrontado e com vontade de voltar para a canoa. Mas acompanhei o velho.

Em volta de uma mesa, quatro corpos amarelados apoiavam as cabeças entre os braços.

– Meu Deus, que coisa!

– Eles num fais mal não. Há tempo que tão assim.

– Mais quem foi que matô eles?

– Se qué mesmo sabê, espie dentro da garrafa. Tem um papel que conta a história deles.

Não tive muita vontade de saber. Desejava mais jogar o corpo na rede e aguardar que a febre cedesse.

– Lá dentro tem um quarto cum uma cama abandonada. É uma cama marma. A gente pode drumi nela. Nem percisa armá as rede.

Entrei no quarto. Alumiei as paredes com a lanterna elétrica. Uma coleção de velhos retratos enchia o quarto. Minha vista parou sobre uns arcos e umas flechas cruzadas num canto da parede.

Por sobre a cabeceira da cama, como se fora uma sentinela, um retrato de uma moça morena, de cabelos negros e olhos verdes, parecia dizer:

– Afastem-se, cães. Não violem um lugar sagrado!

Mal caí na cama, adormeci. Muitas horas deveriam ter se passado, quando acordei, sacudido por Tio Florêncio:

– A moça... A moça...

– Que moça, tio?

– A moça do retrato...

– O que é que tem ela?

– Saiu do quadro, apanhô o arco e as frechas e quis me matá. Eu vi. Acordei com ela fazendo pontaria no meu coração.

Levei a lanterna ao alto. O retrato continuava no lugar. O arco e as flechas também.

– Quá, tio, isso é pesadelo. É cansaço. Trate de drumi que menhã nóis temo que madrugá...

– Mais eu vi...

Tornei a adormecer. Acordei com o sol queimando no meu rosto. Devia ser tarde. E a gente que ia sair cedinho...

Olhei para tio Florêncio. Estava rígido. Uma flecha varara-lhe o coração. Morrera.

Só tive uma ideia: fugir. Fugir antes que fizessem o mesmo comigo. Nem sequer apanhei a rede. Tomei a única lembrança que me assaltou: a garrafa preciosa e desabalei em direção à canoa. Desamarrei a proa. Ia pular para dentro da embarcação, quando ouvi um grito.

Era o tio Florêncio que chegava correndo. Pegou-me pela camisa e sacudiu-me.

– Ordinário! Ladrão! Pensando que me robava? Queria abri unha cum todo o meu ganho?

Chorei como criança.

– Não, tio, eu vi... O senhô morreu. Ela matô vosmicê...

– Você tá é louco! Deve de sê da febre!

– Vamo embora pur amor de Deus, sinão perco o juízo!

– Fique carmo. Nóis vamo sim. Vá inté lá na casa e apanhe os nosso terens.

– Mais eu num quero vortá mais lá.

– Tenha corage. Despois você é mais moço.

Acedi. Achei o trilheiro. Caminhei depressa. Era só apanhar as coisas e voltar. Caminhei e nada de encontrar a casa verde. Mas era ali. Tenho certeza de que era ali.

A noite veio e me encontrou sempre caminhando. Andava como um louco. Caí esgotado. A madrugada encontrou-me fraco, abatido e insone.

Resolvi então voltar para a canoa.

Agora, tudo era tão estranho... A selva crescera. Os cipós emaranhavam tudo. Não havia mais a antiga trilha. Os espinhos rasgavam-me a roupa, os braços, o rosto, as pernas...

Cheguei quase morrendo ao pé de simbaíba. Não havia ninguém. Tio Florêncio partira. Roubara-me. Levara o meu lucro de três anos de sacrifício. Fizera o mesmo que eu, inocentemente, ia cometendo...

Desmaiei. Quantos dias passei assim? Não sei dizer. Acordei com rostos que me fitavam, amigavelmente.

Senti que viajava num motor. Fora encontrado na praia.

– Quase que você bate as botas, hem, moço?

– E o tio Florêncio?

– Havia outro?... Nós só encontramos você.

– Não. Ele fugiu. Roubou-me...

Ouvi que comentavam. "A febre transtornou-lhe o juízo."

Levamos oito dias subindo o Araguaia. Fui restaurando as minhas forças gradativamente. Minhas feridas cicatrizavam. Um dia, chegamos a Leopoldina.

A primeira pessoa que avisto na barreira é o tio Florêncio. Um ódio imenso aflorou-me. Ele vinha correndo em minha direção. Saquei a minha faca para matá-lo. Queria vingar-me. Mas fui desarmado.

– Que foi isso, meu fio?

– O senhô robô-me. Fugiu. Me abandonô. Mandô que eu fosse à Casa Verde e se aproveitô para fugi...

– Eu? Que Casa Verde é essa?

– A da moça que quis lhe matá. A casa dos macaco. A casa dos povo morto na mesa..

– Mais meu fio, num hai Casa Verde nenhuma. Nem sei de moça, nem de retrato. Nunca vi gente morta na mesa...

– Entonce, cumo foi que fiquei abandonado? Cumo foi? E o meu dinhero?

– Tá qui. Você vai tê a sua parte. Confie nesse véio Florêncio. Num se alembra? Você tava cum febre. Nóis paramo pra posá. Você entrô no mato. Chamei você. Num se alembra? Dei tiro. Você num escutô?

– Não. Nada disso.

– No dia seguinte, percurei você. Passei inda dois dias lhe percurando. Pensei que tivesse murrido. Ou que as onça ou os jacaré tivesse lhe cumido. Vortei triste. Você que é que nem um fio...

O velho falava a verdade? Mas havia tanta sinceridade nos seus olhos molhados e no seu falar seguro que caí chorando no seu peito largo.

– E a Casa Verde?

– Num existe, meu fio. Cumo pode have uma casa assim na Ilha do Bananal?

Olhei o Araguaia, que descia indiferente na sua massa d'água. Agora eu compreendia: eu conhecia as grandezas e misérias do garimpo. Fora vítima das febres. A febre que provoca a solidão. A solidão que revolta o homem contra a selva. E a selva que produz a loucura. Estava explicado...

Capítulo Terceiro

CABIRORÓ

Quando seu Libânio se calou, não me contive e exclamei:

– Puxa! Que caso bunito!

Ele riu. Fez uma pausa e lançou o desafio:

– Tal, o meu caso tá contado. Agora quem quisé que conte otro.

– Conte você um, Macário.

– Eu só sei tocá violão. É melhó que seu Jeromo, que sabe uma purção de história, cumece logo uma.

Seu Jerônimo não se fez rogado. Olhou para mim como se fosse explicar:

– Vô contá um causo muito conhecido. Mais é em homenage ao dotô que é novo por essas parage. É a história de Cabiroró.

E foi contando. Talvez, de todos os casos, esse fosse o mais difícil de reproduzir. Seu Jerônimo contava como se fosse um índio falando.

"Cabiroró, *tay bedionkre deará*... (Cabiroró, tu bem que podias me dar).

Cabiroró levantava a vista para o índio. O eterno carajá pedindo tudo. Uma hora, era *coti* (fumo); outra hora era *uaxi* (anzol). Sempre estava pedindo. Um olhar súplice, a mão estendida e a voz humilde. Bastava enxergar qualquer coisa que lhe causasse curiosidade e um desejo de posse imenso aparecia.

E Cabiroró dava sempre. Qualquer coisa pedida. Desde que aquilo provocasse um sorriso, uma felicidade imediata e logo passageira.

Pobres seres que não conheciam o significado de conforto. Que se iluminavam de prazer por qualquer bagatela recebida. Qualquer cacareco que na civilização teria o caminho da lata do lixo.

Legítimos produtos da selva e da terra virgem. Gente de um mundo perdido e longínquo. Vivendo sempre a distância de tudo. Porque ali, naquele coração ignorado, naquele pedaço enorme de Brasil, só havia distância.

Ninguém tinha noção de quilômetros, pois só se contavam as léguas.

Tudo era tão grande que o próprio homem se perdia dentro da insignificância do seu tamanho. E os fatos, as ações anulavam o valor, absorvidos pelo comprimento e largura dos rios, pelo esquecimento do tempo, pela continuação do espaço. Tudo ali passava. Tudo se esquecia. Era como a vida. Era como o rio.

Só uma coisa não passava no coração de Cabiroró. Isso, toda quantidade de tempo poderia se consumir. Até uma eternidade. Mas ele não esquecia porque estava marcado na alma. Gravado com fogo na memória do ódio.

Lembrava-se como se fora hoje...

Há muitos anos, viera para o sertão. Acompanhara um velho missionário que estacionava sempre no Rio das Mortes. Viveu muito tempo naquela região abandonada, no acampamento dos brancos. Lugar abandonado, mas sempre lembrado e povoado a todos os momentos pelos perigos e inquietação do ambiente.

Os índios xavantes ameaçando as vidas com suas bordunas certeiras e flechas. Outras vezes eram as feras das selvas. Os jacarés e as piranhas vermelhas no rio. A febre provocando o delírio e a loucura. E ainda por cima a solidão e o abandono. A tristeza do silêncio, cortada por gritos de bichos na mata.

Os homens viviam com os nervos à flor da pele. Qualquer discussão era capaz de provocar um desejo que levasse imediatamente a mão ao cabo da faca.

Meses viveu Cabiroró lá dentro. Um dia, por um motivo sem importância, ele se desaveio com o padre. E aquela discussão se transformou em ódio profundo, de ambas as partes. Um dos dois estava sobrando. E como a corda se quebra sempre no lugar mais fraco, o padre ganhou a melhor.

E uma tarde ele reuniu os moradores que trabalhavam para ele, chamou Cabiroró. Deu-lhe uma canoa, tomou-lhe as armas e ordenou que descesse o rio... Que se fosse embora. Procurasse a vida em outro canto.

Dentro da canoa existia alimento para um dia.

Cabiroró não discutiu. Entrou na embarcação, apanhou o remo, olhou chamejante para o padre e falou:

– Nós nos encontraremos um dia...

– Talvez...

– Pensa que eu não resistirei? Pois viverei. Minha canoa não virará nas correntezas do rio. Nem jacaré, nem piranha, nem onça, nem índio darão cabo de mim, como o senhor pensa. Eu resistirei...

– Talvez...

Ele empurrou a canoa. Tomou rapidamente o centro da correnteza. Tinha que se afastar daquela região o mais depressa possível.

Precisava ganhar distância antes que uma bala partida do meio da mata o atirasse às águas.

Lembrou-se de espiar o povo que olhava da barreira a sua partida forçada. Essa lembrança salvou-lhe a vida. Virando a cabeça... e nesse momento, sem sentir, houve um pequeno desvio do seu corpo. Uma bala sibilou ao seu ouvido. Jogou-se dentro da ubá. Mais dez balas vieram ricochetear à superfície do rio. Deixou que a canoa girasse sem governo, carregada pela força da correnteza. Conservou-se por muito tempo deitado, imóvel...

Depois, passado o primeiro perigo, levantou-se e empunhou o remo.

Descia tristemente aquele rio tenebroso. Ouvindo amedrontado todos os ruídos da selva, que agora pareciam mais próximos. Aquilo...

– Cabiroró, *tay bedionkre deará...*

Dessa vez, ele pedia uma camisa. Uma velha camisa de listas brancas e azuis. Uma das últimas peças de roupa que possuía. Bem que podia dá-la ao índio. Ele preferia ter as costas nuas e livres, gozando o calor do sol. Gostava de se tornar cada vez mais cor de cobre a lembrar-se de que era um branco.

Mas teve uma ideia.

– Não, Uaximani, eu só te darei essa camisa quando você matar o *Pay Ibinare* (padre ruim). Não se esqueça, se você matar o *Pay*, a camisa será sua.

– *Corré* (sim), Cabiroró?

– *Corré.*

Pobre Uaximani, na sua limitada imaginação agora nascia um desejo constante: que o padre passasse o mais breve possível.

•••

Um dia – todos os dias esperados um dia chegam –, um dia, um carajá apareceu para Cabiroró.

– Cabiroró, *Pay Ibinare* tá em Mato Verde. Tá dando anzol e presente pra carajá lá da aldeia.

– Tem certeza, Maluaré?

– Sim, Cabiroró.

– Cadê Uaximani?

– Tá fazendo *lã-uó* (canoa).

– Chame ele.

Pouco mais Uaximani chegou. Cabiroró balançou a camisa de listas brancas e azuis entre os dedos. Os olhinhos mongóis do índio cintilaram.

Uaximani, *Pay Ibinare* vem descendo. A camisa é sua. Dou pra você minha *maú* (faca) e um pedaço de coti. Tudo isso se você matar *Pay*...

Um sorriso largo rasgou a boca do índio.

•••

A embarcação se aproximava. Tinha que passar por ali. Rente à margem. O canal beirava a barranca.

Uaximani esperou um pouco. Um brilho de prazer perpassou por seus olhos.

O braço esticou a corda do arco. A flecha nivelou um ângulo de 45 graus.

O padre vinha em pé na proa do batelão, encantado pela beleza da selva. Cheirando o sumo nativo daquela natureza e exuberância.

Um sibilo cortou o espaço. A flecha partira.

O corpo de *Pay* cambaleou e apoiou-se na borda da embarcação. Mas a mão rápida sacou do revólver e fez pontaria certeira no coração do índio, na barranca. Uaximani apertou o peito, num gemido rouco, tombou dentro das águas.

Pay tentou soerguer-se. Um suor frio molhava-lhe a fronte. A mão, sem forças, lutava para arrancar a flecha do peito.

Seus joelhos vergaram-se. O corpo foi tombando na beira da embarcação. Esta não susteve o equilíbrio e *Pay* foi arremessado no seio frio das águas.

Cabiroró ouviu o disparo. Correu como um louco. Ainda teve tempo de ver passar o corpo de Uaximani, que começava a se afundar, puxado pelas piranhas vermelhas. Depois enxergou o corpo de *Pay*, passando para o mesmo destino. Olhou a flecha se levantando para o céu. Sorriu.

Tinham se encontrado de novo.

Então, tristemente, enrolou a faca na camisa de listas brancas e azuis e atirou-a dentro do rio. A água fez um borbulho e foi levar a camisa ao seu legítimo dono.

Então Cabiroró pegou a canoa e desceu mais o *Beé Rokan*. Chegou na boca do Rio Tapirapés e subiu esse oito dias. Ia em busca de hospitalidade entre os índios Tapirapés, que são bons e amigos. Passaria lá muito tempo. Até que tudo se esquecesse. Até que a consciência do sertão, que é muito grande e logo se esquece, não se lembrasse mais da morte de *Pay*.

Depois, ele voltaria. Sim, voltaria, porque a vida teria passado como as águas dos grandes rios. E as ações e os fatos passariam por sua vez como a própria vida..."

●●●

– Bunito, não, dotô?

– Bonito mesmo, seu Jerônimo. Muito obrigado pela homenagem. E Cabiroró?

– Disque ele existe e que é a mesma pessoa que Goó, o cantadô. Pros carajá ele é Cabiroró, que qué dizê jacaré. E os Tapirapé chama ele de Goó e ninguém sabe o que qué dizê...

Todo mundo fez silêncio. Quando se acabava de contar uma história havia sempre aquela pausa. As pessoas ficavam se lembrando dos menores detalhes e se empolgando de emoções.

Seu Jerônimo perguntou:

– E agora quem é que conta?...

Capítulo Quarto

CASTIGO

Alguém se lembrou de Cheerá. O velho índio que também escutava, embrulhado numa manta descolorida, tresandando a óleo de babaçu.

Diziam que o velho Cheerá sabia histórias lindas, tão bonitas como as nossas.

Ele devia estar acostumado a contá-las, porque procurava posição para começá-las.

Deveria ser uma história do Araguaia. Todo mundo que subia o *Beé Rokan* conhecia o índio Cheerá. Parecia mesmo que eles se completavam. Que cada um era parte dos outros. Cheerá vivera com os brancos, admitira os seus costumes, gostava das suas histórias, mas nunca abandonara o *Beé Rokan*.

Agora ia contar. Quantas vezes não contara aquela história? Nem se lembrava do número. Ouvira de outros índios velhos quando era moço...

– Conta história bunita, Cheerá.

Ele riu. Fez-se silêncio e a sua voz grave começou:

"Há muito tempo atrás, os carajás eram felizes. Viviam no fundo escuro do *Beé Rokan*. Não sofriam as privações da fome.

Karajá arirubuna kotu bené biroxikre kay (Carajá matava o cágado e o comia). Otoni, a tartaruga, nadava ao alcance da sua mão.

Carajá era feliz. Não brigava. Não matava. Não morria. Era mais forte e mais bonito.

Um dia um fato estranho aconteceu. O filho mais moço do capitão da tribo adoeceu.

Chamaram *oroti bedu*, o doutor. Mas de nada adiantou. Todos os remédios que aconselhavam eram *ibinares*. Todos os esforços foram baldados.

Havia no meio dos carajás dois jovens bonitos e fortes que se puseram a conversar.

– Quem sabe se do outro lado do buraco grande não encontraremos remédio para o rapaz?

– Não! Não! O buraco é negro e perigoso – Koboí disse. Koboí proibiu.

– Que sabe Koboí? Koboí é velho.

– Koboí viveu...

...Mas uma noite, os dois apanharam arcos e flechas e semirreceosos transpuseram o *uê Beé Rokan* (olho do Araguaia).

Quando chegaram do outro lado, a natureza estava em plena primavera.

Tudo era tão lindo! Pássaros coloridos. *Andeduras* (araras vermelhas) voavam em confusão. As margens do *Beé Rokan* se cobriam de flores matizadas. Um cheiro de baunilha e almíscar rescendia o ar. Os ingazeiros se carregavam com as suas vagens amarelas rebentando as polpas brancas. *Tchu*, o Sol, incendiava a vida com os seus raios quentes. Tudo tão diferente do fundo escuro onde nasceram e viviam.

Deles se aproximou *Budoé*, o veado. Quiseram matá-lo. Mas o veado falou:

– Não me matem. Vocês querem o remédio que tudo cura? Ali está. No tronco seco da palmeira de tucum. É o mel mais doce da abelha.

Eles apanharam o mel mais doce da abelha e retornaram pelo olho de *Beé Rokan*.

O filho do chefe da tribo bebeu o remédio e ficou bom.

Eles então contaram as maravilhas do outro mundo. Falaram de *Rendô*, a Lua. De *tahiná*, a estrela. De *tahiná kan*, a estrela-d'alva. De *Tchu*, o Sol.

Nasceu nos carajás um desejo que dia a dia ia aumentando. Já agora não se contentavam com o escuro feio e queriam abandoná-lo.

Koboí abanou a cabeça.

– Não vão! Não vão! Vocês serão infelizes. Vão chorar. Sofrer. Morrer.

Mas ninguém deu atenção a Koboí. Koboí era velho.

Arrumaram as suas coisas e partiram em direção ao buraco grande, caminhando ansiosos e em fila. Koboí vinha atrás. Tornou a falar-lhes.

– Não vão! Não vão! Vocês vão morrer. Lá existem as palmeiras de tucum que secam. Sinal de morte certa.

Mas eles se foram sumindo. Sumindo um a um. Koboí tinha lágrimas nos velhos olhos.

– Vão, malditos! Vão! Mas que nenhum índio carajá tenha o nome de Koboí de agora em diante.

Koboí ficou só e abandonado.

Os anos se passaram. Os carajás não eram felizes. Começaram a adoecer e morrer.

Um deles disse:

– Koboí tinha razão. Vamos voltar senão morreremos todos.

Retornaram ao lugar onde julgavam encontrar o *uê Beé Rokan*. E nunca mais o encontraram. Assim ficaram os carajás na terra. Sofrendo o castigo da sua desobediência e permanecendo para sempre.

E até hoje nenhum carajá se chamou Koboí...

Cheerá calou-se.

As praias do Araguaia continuavam sempre brancas. A Lua continuava alta e a noite caminhava pelas estrelas.

Dizem que nessas noites, nos trechos revoltos e encachoeirados do rio, ouvem-se os gemidos de Koboí, lamentando a ingratidão dos carajás..."

Capítulo Quinto

RAMALALÁ IBINARE

Remexeram as brasas da fogueira. Colocaram um pedaço de lenha seca. As chamas se reavivaram e lamberam a noite. A Lua no céu continuava a sua ronda e as praias do Araguaia se tornavam mais alvas que a própria Lua.

Seu Isidoro cuspiu de banda o fumo que estava mascando. Era a sua vez de contar o causo.

A gente tinha uma curiosidade enorme de ouvi-lo, por ser ele considerado a mais velha pessoa de Leopoldina. Sua cabeça de lua se virou para mim a perguntar:

– Moço de cidade num credita gerarmente em história do sertão, num é seu dotô?

– Qual o quê, seu Isidoro. Eu acredito.

– O senhô confia que se pode cortá bichera, rezando de bem de longe?

– Tudo pode acontecer.

– E na Boiuna?

– Que é Boiuna?

– A Cobra Grande.

– Bom. Deve haver uma razão para que exista a crença.

138

– Pois eu vô contá uma história da Cobra Grande. Num é bem da Cobra Grande. É de um fio dela. Eu vi. Eu juro pur estes cabelo que são branco. Eu vi. E mecê, minino, não aduvide não, purquê é verdade. Mecê só tem vinte e pocos anos e num veveu. Discunhece as brenha e fundura do sertão...

E foi contando:

"Faz tanto tempo. Isso aconteceu quando Leopoldina era uma meia dúzia de casas. Quando os índios carajás já falavam com os brancos, mas ainda não tinham adquirido as suas mágoas e todos os seus vícios. Isso significa que eram mais felizes.

Eu tinha os meus treze anos. Já era um menino taludo e reinador.

Apesar disso, tinha um medo de Ramalalá que me pelava. E não era para menos. Aqui em Leopoldina todo mundo temia Ramalalá. Como todos sabem, Ramalalá quer dizer cobra. Ramalalá era para os próprios carajás pior do que Lateni, o deus-bicho do mal.

Se por acaso alguém tivesse a curiosidade de saber quem era Ramalalá e perguntasse a um índio, ele baixava os olhos e falava numa voz temerosa:

– Ramalalá é cobra. Filho de Ramalalá Ibinare (Cobra Ruim ou Cobra Grande).

E quem era esse infeliz?

Apenas um pobre índio velho, exilado e coberto de maldições.

Habitava um rancho velho como ele, do outro lado do Araguaia.

Tinha por companhia muitos bichos. Eram cobras, cães, patos, aves de todas as espécies e tudo isso vivendo numa promiscuidade absoluta e natural.

Contavam que até onça dormia no seu terreiro, sem lhe fazer mal.

Ramalalá falava um português misturado de índio. Não gostava de ver ninguém. Não queria contato com pessoa alguma. E a gente só sabia da sua existência, porque constantemente ouvia a gritaria dos bichos ou avistava uma fumaça azulada subindo para o céu, por entre a mata de banana brava que cercava o seu rancho.

E a vida continuava.

Leopoldina, como ainda é hoje, reunia um pequeno número de famílias de um lado, e do outro, a aldeia dos carajás. Como hoje, era o centro dessa ociosidade gostosa que sempre nasceu desse chão. Naquele tempo a preguiça era um pouquinho maior. A gente vivia para três coisas: da pesca para a rede. Da rede para as noitadas de 'cururu', onde sempre se esbanjava heroicidade pelos violões e cachaça pelos copos ou cabaças.

Quando vinha o tempo das chuvas, aí então é que a vida piorava.

As águas alagavam tudo, cortando a comunicação que havia com Goiás.

Então, que fazer? Nada, é claro. Pois se Leopoldina virava ilha! Se aportava alguém era índio de cima ou garimpeiro do Sul. Esses, sim. Tinham machura para tanto.

O povo de Leopoldina não podia pescar porque as águas do *Beé Rokan* cresciam e os peixes fugiam para os lagos. O que ficava era em menor quantidade, mas mesmo assim ainda muito. Não faltava piranha. Mas acontece que dava preguiça... Não se podia cantar ou fazer 'cururu', porque a cachaça não vinha de Goiás e ninguém se lembrava nunca de comprar reserva.

Que fazer então? Nada. Fumar. Dormir... dormir... e a fome se alastrando de uma maneira revoltante. Ninguém fazia roça. Não que a terra não desse. Onde já se viu pedaço de Goiás deixar de dar? Dava, essa é que é a verdade, mas tinha-se preguiça de plantar. E mesmo sendo a vida tão curta, por que estragá-la trabalhando?..."

Seu Isidoro fez uma pausa. E todo mundo comentou, aprovando o antigo viver de Leopoldina:

– Bem, lá isso é. Lá isso é...

"E a vida continuava. Vinha a febre, mas ninguém morria. A gente já estava curtida. Entrava seca. Entrava sol. Chegava comida. Acabava comida. Tornava a chegar comida...

Um dia quem chegou foi o tenente Tenório.

Desde logo foi implicando com o modo de viver pacato de cada um. Não gostou nada da vida da gente. E se nada fez era porque não tinha autoridade para tanto. Mas que era danado de antipático, lá isso era. Muito vermelho, corpulento e farofeiro, tratando todo mundo com pouco caso e achando graça onde ninguém achava motivo... Se ele não fosse tenente, a gente jurava que ele era garimpeiro. Com uma diferença: garimpeiro faz tudo que diz. Mas o tenente Tenório...

Uma manhã, o tenente mandou chamar todo mundo para a frente da igreja.

Não podia faltar ninguém. Quem faltasse entrava na virola.

Ele, que viera incumbido pelo governo de fazer um recenseamento, ia agora pôr em prática o seu trabalho.

Ninguém ficou dentro de casa. Todo mundo tinha um medo danado do tenente.

Ele separou pessoa por pessoa. Família por família. Contava todo mundo. Perguntava a todos o que faziam, quantos anos, se era casado ou solteiro. E ia tomando nota daquela besteirada toda num papel. Depois falou num vozeirão grosso e ameaçador:

– Não falta mais ninguém?

Por infelicidade, alguém se meteu a engraçado e disse:

– Só se fô Ramalalá.

– Que Ramalalá é esse?

Houve um silêncio de receio que percorreu a todos.

– Tragam esse Ramalalá!

– Mas, seu tenente, ele...

– Vá buscá-lo imediatamente, senão eu lhe corto de chicote. Quem mandou você inventar?

E o caboclo teve mesmo que pegar a ubá e atravessar o Araguaia. Aproximou-se do rancho e gritou. Gritou toda a história para Ramalalá, porque por nada nesse mundo queria encontrar-se cara a cara com o velho índio.

– Venha, Ramalalá, pur amô de Kanan-Siu. Venha sinão o tenente me mata.

– *Corré* – respondeu Ramalalá.

Uma hora depois, duas canoas cruzavam o rio. A do caboclo vinha muito mais na frente. Quando o povo viu Ramalalá, debandou. Por mais que o tenente berrasse e ameaçasse, não conseguiu suster aquelas almas medrosas.

De dentro do rancho de meu pai fiquei olhando o que se ia passar, ensurdecido com as pancadas do meu coração dentro do peito. O coração batia mais alto que quando o sino da igreja batia. E como o rancho era perto, eu podia ver e ouvir tudo o que se passava.

Ramalalá vinha calmo. Quando aportou, uma coisa surpreendente se deu. Subindo a barranca do rio, atrás dele, vinha uma porção de bichos. Eram cobras, lagartos, patos selvagens, garças... A mais estranha procissão que eu vi na vida.

O tenente tomou um susto danado. Garanto que ele não estava tão vermelho. Mas não quis dar o braço a torcer.

– Que significa isso? Esses bichos todos?

Ramalalá estava agora na sua frente. Era velhíssimo. A pele encarquilhada e cor de bronze parecia não querer conter a saliência dos ossos que a furavam. Estava tão velho que a estatura diminuíra. Era um monstro encolhido, coberto de rugas e deixando escapar do corpo um cheiro de coisa podre.

Olhou para o tenente. Ele só tinha um olho descoberto. O outro, trazia tapado por uma espécie de venda feita de fibra de palmeira.

Falou com voz cavernosa:

– Ramalalá tem maldição. Ramalalá é ibinare.

– Que ibinare, que nada!

Ramalalá apontou os bichos parados à distância.

– Ramalalá atrai os bichos. Tem olho de Boiuna.

– Mentira, índio porco! Eu quero ver isso. Atraia aquela galinha ali.

O índio olhou a galinha que ciscava atrás de um rancho.

– Ramalalá mata o bichinho se olhá.

– Quero ver isso.

– Num tem pena do bichinho?

– Vamos. Faça!

Ramalalá levantou a venda dos olhos e olhou tristemente para a galinha. Ela teve um estremecimento e zás! Caiu morta.

O tenente empalideceu. Mas mesmo assim não se convenceu. Espiou para os lados e deu com uma cabra pastando com os três cabritinhos. Levantou o braço para a cabra.

– Não acredito. Foi casualidade. Olhe agora para a cabra.

– Num tem pena do bichinho?

– Faça.

Ramalalá levantou a mão tremendo e suspendeu a venda dos olhos. A bichinha estremeceu e tombou morta. Os cabritinhos, parecendo compreender a desgraça, amontoaram-se entre suas patas sem vida, soltando "bé–bé" assustados.

Ramalalá olhou para o tenente. Esperando ver o que queria mais.

O tenente foi acometido por uma crise de raiva. Avançou para ele e cuspiu.

– Índio porco! Feiticeiro! Mandraqueiro podre! Cão nojento! Você pode ter mandinga para os bichos. Pode assustar quem você quiser, mas comigo, não. Eu não tenho medo de você, Ramalalá de uma figa!

Dentro do rancho, minhas pernas tremiam como varas verdes. Eu rezava baixinho de tanto medo. Minha vista se fixava, presa pelo pavor, entre o tenente enfurecido e o velho índio maltratado. Aquilo ia ter um fim feio. Ramalalá era ruim; tinha maldição e não perdoaria aqueles agravos.

O tenente chegou ao auge da sua cólera. Com um safanão, arremessou-o ao solo. Uma pena imensa invadiu-me ao ver o índio caindo sem firmeza, machucando-se dentro de toda a sua velhice, contra o chão duro.

Nem mesmo assim o tenente se apiedou. Aproximou-se do ancião que tentava se levantar e gritou-lhe ameaçadoramente. Dessa vez estava acometido de uma ideia diabólica. Queria ver como Ramalalá fazia...

O índio ainda tentou ser bom.

– Ramalalá não pode. Ramalalá é filho de Ramalalá Ibinare...

Tenente Tenório avançou para ele e, num arrancão, tirou a venda do olho direito de Ramalalá...

O que ele viu, ninguém pôde dizer até hoje. Porque rodou nos pés e caiu estatelado no chão. Seus olhos botucados de pavor, guardando a última impressão de vida..."

Seu Isidoro calou-se. Depois, virou-se para mim.

– Viu, minino? Ele era da cidade e num acreditava em coisas do sertão.

Não contive a curiosidade:

– E Ramalalá?

– Sumiu. Ninguém mais sôbe dele. Disque foi morá nas profunda do *Beé Rokan*. Foi se reuni cum a mãe dele no escuro do rio...

Seu Isidoro fez nova bola de fumo, introduziu-a na boca e ficou mastigando devagar...

Capítulo Sexto

OS ÍNDIOS GAVIÕES

Cabo Milton pensou, pensou... Enrugou ainda mais a face queimada e colocou os olhos, aqueles olhos continuamente sapirocados, sobre os que o fitavam e começou:

– Tenho um causo. E todas as vezes que me lembro dele, sinto uns tremeliques me mordendo os tutanos dos ossos e sinto um frio suar nas costelas. E olhe que eu não sou macho mofino nem medroso.

"Como vocês sabem, eu nasci no Piauí. Bem pertinho do vale do Parnaíba, que é o vale mais bonito do mundo.

Desde que completei dezesseis anos e comecei a encorporar, resolvi bater perna pelo mundo afora.

Arrumei a matula, joguei o buxo por cima dos ombros e saí.

Antes, porém, pedi a bênção à minha mãe, que ainda era bem moça. Inda me lembro que quando cheguei na esquina da mata, junto de se pegar as encruzilhadas, virei a cabeça para trás e vi que ela me dava adeus com uma mão e com a outra limpava a água dos olhos. Se a gente quando é moço se sentisse como hoje, tinha um pouco mais de coração. Mas qual o quê! Eu queria era caminhar.

Daí para cá, minha vida foi um eterno pangolar. Bati perna por todo esse sertão que Deus criou sem visitar. Tenho sido de tudo neste mundo. Estas mãos calejadas tocaram remo, jogaram machado, buliram com pás e picaretas. Mexeram em tudo em que foi raça de garimpo. Desde o ouro até o diamante. Desde a bateia ao escafandro. E até o cristal que não interessava muito a ninguém. Isso tudo, antes de vestir a farda de polícia.

Bem, mas nesse tempo de que estou me lembrando agora eu arranjara emprego nas matas de castanha. Era o barracão de um português, seu Leutério. Eta, homem bom!

Era apanhar o paneiro e sumir dentro do verde das matas de castanha. A mata mais perto era onde fica hoje o garimpo de Marabá.

Deus, que selva braba! Desconhecida e trilhada por caboclos desalmados.

E com o apanha a gente estava penetrando cada vez mais dentro das terras dos caboclos Gaviões. E até o dia de hoje, a não ser o Coronel Messias que morreu no ano passado e que Deus o tenha, nenhum homem chegou a ter aproximação com os índios Gaviões.

Sabia-se que eram índios bonitos, altos e fortes. Ladinos e traiçoeiros, assaltavam os brancos, para roubar os homens claros e que fossem louros, para tirar raça com as caboclas...

Seu Leutério dividia o pessoal em turmas de dois. Toda semana vinha uma canoa de abastecimento, penetrando pelos rios das selvas e trazendo mantimento para as barracas dos apanhadores de castanha. Essa gente que se gaba que conhece selva!... Ali, sim, era a selva. Selva desgraçada e perigosa, escura e cheia de mistérios.

Eu tinha por companheiro um tipo forte e calado, o Janjão Macuco.

Um dia, nós dois, armados até os dentes, fomos procurar uma mata de castanha que ninguém tivesse penetrado.

Topamos um afluentezinho do Tocantins, levando os paneiros e os apetrechos necessários para apanhar a castanha nativa.

Empurrávamos a canoa rio acima, com uma dificuldade medonha. Havia muita corredeira.

Devia de ser mais ou menos meio-dia, quando topamos com um barranco enorme. Encostamos a canoa na barreira.

Era um lugar lindo demais. A selva era verde e fechada, escurecendo aos nossos olhos. Apenas em alguns pontos perdidos, os cabelos da mata se faziam mais ralos e deixavam passar um olho de luz, que quase sempre era muito fino.

E que zoada que fazia! Que liberdade! Que cheiro de umidade havendo por todo canto. Tinha lugares onde as parasitas faziam tapetes vermelhos nas barrigas redondas das árvores. Outras flores coloridas se penduravam como brincos no meio da folhagem. Como a gente se sentia pequeno olhando tudo aquilo. De vez em quando vinha uma sensação de insegurança e instintivamente a mão descia para cima da guaiaca e apalpava o cospe-fogo.

Os olhos de Janjão Macuco passeavam pelo ambiente como os meus.

– Tá bom aqui, cumpade?

– Tá mesmo ótimo.

Então resolvemos armar a barraca. Tiramos tudo da canoa. Cortamos pau, limpamos o chão, estendemos a lona. Juntamos logo lenha, para que quando viesse a noite não pegasse a gente desprevenida.

– Quase que num tem musquito, num é cumpade?

– É mesmo. Aqui nóis pode demorá uma semana de apanha, descansado. Tem castanha que nem cormeia de sanharó em frente de porta.

Um pensamento me atravessou ligeiro. Eu não estava tão certo de um apanha descansado. Ficar ali uma semana, numa mata virgem daquelas, era muito. Resolvi falar da coisa que me assustava.

– E os Gavião, seu Janjão?

– Quá cumpade! Índio é bicho mole. A gente intupica eles de bala e eles some pro mato. Se não fosse isso eu num tinha vindo por essas banda.

– Eu num penso que isso agaranta a gente. Mas cumigo tem uma coisa que ninguém sabe. Se num fosse por isso era que eu não vinha.

– O que é que é, seu Milton?

– Caboco nenhum me pega vivo!

– Quem é que lhe agarante ansim desse modo?

– Nossa Senhora.

– Nossa Senhora?

– Sim. Eu sonhei uma veis um sonho lindo. Que quando ela me aparecesse saindo da selva, rodada de luz e cum manto verde que tocasse no chão, era purque os índios tavam perto de atacá. Veja que sempre sonho cum isso e fujo. Até hoje nada me aconteceu. E há muitos anos que vivo pangolando pur tudo quanto é raio de selva.

– Isso é bão. Mas acho que aqui num tem perigo não. Isso é uma disgrota tão abandonada que nem índio se mete nesse sertão...

– Em todo caso, a gente tá bem armada.

Uma semana se passou sem que nada viesse atrapalhar a nossa vida. Mas era um trabalho pesado. Toda hora a gente se entreolhava. Rodava a vista a qualquer minuto que passava. Fixava disfarçadamente os olhos num tronco, num ponto, e tinha-se a impressão que qualquer coisa se movia. Trabalhávamos calados, ouvindo os menores ruídos da mata. Até o silêncio fazia barulho em nossos ouvidos. Os mil olhos da selva nos espiavam continuamente. Não conversávamos para ouvir tudo que se passava. Um grito, um berro, um estalo seco, nos punha de prontidão e com os dedos coçando a orelha do gatilho.

Os paneiros já se encontravam cheios. A castanha nativa se amontoava, de um jeito alto, do lado de fora da barraca. Breve era só encher a bicha e rumar para o lado do barracão de seu Leutério.

Já se podia pensar no dinheiro a receber. Um dinheiro ganho com tanto sacrifício.

Era um descanso quando chegava a noite. A gente vinha ao entardecer para o pequeno acampamento e juntava lenha para a fogueira da noite.

A selva devia se enraivecer contra a nossa intromissão. Contra a nossa permanência demorada dentro do seu ventre virgem. Isso porque, quando a noite se fechava e a luz da fogueira avermelhava o negror, os troncos das árvores que apareciam na claridade das achas acesas tornavam-se negros e maiores, como se a noite tivesse lentes de aumento. Como se o nosso medo ampliasse as suas formas. Ou como se os troncos se engrossassem de raiva, contra nós.

Uma noite, nos deitamos. Mas seu Janjão, acordado, ficou fazendo quarto, enquanto eu dormia.

Lembro-me que antes de fechar os olhos espiei a silhueta dele, embrulhado no cobertor e com o refle encostado do chão para a rede. De vez em quando ele se levantaria para colocar um pedaço de pau na fogueira, quando essa tivesse fome.

Do vulto de seu Janjão, minha vista percorreu o ambiente. Vi também o meu refle encostado à minha rede, o facão enfiado nas cordas do punho e o machado enterrado no chão com o cabo para cima.

Depois meus olhos foram se fechando devagar. Enquanto o cheiro da fumaça da fogueira ia entrando pelo meu nariz, num sinal de liberdade.

A noite devia estar bem alta...

...Quando acordei com uma luz que feria com insistência os meus olhos. Ela veio crescendo, crescendo em minha direção. Abri bem os olhos e esfreguei-os. Então fui acordando de todo.

De dentro da mata, uma luz verde, fosforescente, vinha chegando para a barraca. E do meio da luz, então, aparecia uma senhora muito bonita, que eu reconheci logo como Nossa Senhora. Debaixo dos seus cabelos louros como o sol, surgia um manto finíssimo e de cor verde, que tocava até o chão.

Saltei da rede. Janjão Macuco virou-se rápido, apontando o refle em minha direção. Olhou para os meus olhos dilatados e perguntou sorrindo:

– Que é isso, cumpade, tá sonhando?

Nem tive tempo de explicar direito. Fui falando:

– Ande, cumpade. Vamo embora que os caboco vêm aí!...

– Quá nada, cumpade. É bobage...

– Vamo por amô de Deus. Tenho certeza que eles vêm...

E mesmo sem desatar as cordas que amarravam a rede, torei o punho com o facão. Compadre Janjão fez a mesma coisa. Descemos o barranco às carreiras, tropeçando em tudo que era empecilho da mata. Chegamos à margem do rio, com as veias da fronte dilatadas. O nosso corpo estava molhado de suor. Uma angústia cruciante me pisava o peito.

Desatei sem perceber a corda que amarrava a proa. Pulamos dentro da canoa e metemos os remos com força na água que a noite colorira de preto. Até a água tinha um aspecto tenebroso. Remamos até o amanhecer. De descida e numa noite, conseguimos chegar ao barracão de seu Leutério.

Caímos exaustos na praia. Vieram os outros apanhadores nos socorrer. Deram-nos um gole de pinga e fomos acalmando devagar.

Estávamos tão cansados que nem sequer ligávamos duas palavras.

Afinal, consegui, meio febril, relatar o que acontecera. Um feio aborrecimento se estampou no rosto de seu Leutério, depois que ficou a par de tudo.

– Mas vocês fazerem isso por causa de um sonho?

E aquela pergunta veio abater mais o nosso moral.

Aquele fraseado a todo momento era repetido como gracejo. Todo mundo se punha a caçoar da nossa corrida dentro da selva. Da nossa noite de remo fincando n'água...

Daquele jeito, estávamos sendo tachados de covardes. Os outros criaram um espírito de superioridade e queriam nos convencer de que não possuíamos fibra de castanheiros.

Uma manhã seu Leutério chegou para a gente e foi logo dizendo:

– Amanhã a gente vai buscar as castanhas. Vocês vão ver a besteirada que fizeram...

Arranjamos um ubá enorme e oito homens bem armados foram seguindo dentro do rio a direção que a gente indicava."

Aí, cabo Milton calou-se.

Os meus vinte e poucos anos, de que tanto caçoavam, espicaçavam-me a curiosidade. Perguntei:

– Então, que foi que aconteceu?

Cabo Milton, que esperava por aquela pergunta, virou-se para mim e sorriu.

– Precisa contá o resto?

– Pois claro. Precisa, sim.

– Pois nóis fumo até lá...

– Encontraram as castanhas?...

– Encontramo... Encontramo sim, mais uns resto queimado da barraca, a mata ressecada em volta e as cinzas das castanhas ainda fumegando... Tudo era um cinzero só. Nada escapara do fogo. Os Gavião tinha estado pur lá...

Cabo Milton parou um pouco. Gozou um pouco aquelas fisionomias que agora começavam a se acalmar daquela história excitante e com a maior naturalidade pediu satisfeito:

– Quem me dá lume pro meu pito?

Apanhei um tição da fogueira e ofereci àquela velha mão que tanto vivera e que se estendia para recebê-lo.

– Obrigado. Viu, dotô? Se num fosse o manto verde... eu hoje num tava aqui contando causo...

Capítulo Sétimo

A LENDA DA LUZ

– Conte você mais uma história dos índios, Cheerá.

Alguém que já conhecia todas as suas histórias pediu entusiasmado:

– Conte aquela da luz. Aquela é danada de bunita!

A atenção geral se fixou no vulto de Cheerá.

Como da outra vez, ele tomou posição, se acomodando dentro das cobertas.

E principiou:

"Kanan-Siuê estava deitado na rede. Descansando dos trabalhos do dia. Descansando porque até os deuses se cansam. Ele que fizera a vida, cada dia que se passava ia aperfeiçoando uma coisa. Uma hora, aparava as margens do rio, outra, cortava as folhas das árvores.

Agora estava cansado. E dormia no escuro, porque naquele tempo ainda não havia a luz.

A sua sogra, que vinha visitá-lo, tropeçou no casco de Otoni, a tartaruga, e caiu, ralando-se toda.

Começou então a brigar com Kanan-Siuê:

– Tu, Kanan-Siuê, que fizeste tudo. Que fizeste os rios, os vales, as praias do *Beé Rokan*, as asas vermelhas das andeduras, as árvores, o peixe, a caça... Tu que fizeste tudo, esqueceste de fabricar a luz? Eu sou velha. Não caminho com firmeza. Caio e me machuco... Kanan-Siuê tu tens que fazer a luz...

No dia seguinte, para evitar novos aborrecimentos e discussões familiares, Kanan-Siuê levantou-se cedo e foi em busca da luz.

Caminhou muito. Transportou-se para o vale onde todas as caças se alimentavam e bebiam água do rio.

Transformou-se numa *conri* (anta) e, enfiando um talo de imbaúba no *rati* (ânus) para que pudesse respirar sem que os outros percebessem, deitou-se e fingiu-se morto.

Vieram os mosquitos e perguntaram:

– Está morto, Conri?

E como a anta não respondesse, combinaram:

– Vamos comê-lo?

– Não – falou o chefe dos mosquitos. – Vamos esperar que as moscas venham.

Vieram as moscas... Uma delas perguntou:

– Está morto, Conri?

E as outras combinaram:

– Vamos comê-lo?

– Não. Vamos esperar o urubu.

Vieram os urubus.

– Está morto, Conri?

– Vamos comê-lo?

– Não – falou um deles. – Esperemos a chegada do urubu-rei.

Veio então o urubu-rei.

Pousou no chão e olhou para Kanan-Siuê, transformado numa anta:

– Está morto, sim. Vamos comê-lo.

Aproximou-se e se sentou na barriga de Kanan-Siuê. Era isso que ele queria. Pegou o urubu-rei, que não tinha penas no corpo e sim cabelos negros como os carajás, e começou a enforcá-lo.

– Eu te matarei, se não me deres agora a luz.

– Não tenho, Kanan-Siuê. Não tenho. Não me mates.

– Eu te matarei. Dá-me a luz.

E o urubu-rei, sentindo que morria, abriu os cabelos do peito e soltou *Tahinákan*, a estrela-d'alva, que correu veloz em busca do céu.

Kanan-Siuê esticou o arco. A flecha partiu. A estrela-d'alva ficou pregada na noite, com a perna atravessada por uma flecha.

Mas Kanan-Siuê não estava satisfeito.

– Não é essa a luz que eu quero. Essa é *arioré* (pequena).

– Não tenho outra, gemeu o urubu-rei.

– Tens. Ou tu ma dás ou te aperto o pescoço.

O urubu gemeu desesperançado e soltou, abrindo o peito brilhante, a Lua, que fugiu e procurou o firmamento.

Kanan-Siuê esticou o arco e a flecha voou. *Rendô*, a Lua, ficou flechada na perna e presa nas nuvens do céu.

Mas nem assim Kanan-Siuê estava satisfeito.

– Quero a outra. A maior. Essas ficarão para a noite. Eu quero uma para o dia...

E apertou o pescoço do urubu-rei.

– Não tenho, Kanan-Siuê...

Mas mesmo assim foi abrindo o peito.

Então o Sol, deslumbrante e maravilhoso, soltou-se dos cabelos do seu peito e procurou a amplidão das alturas.

Kanan-Siuê retesou o arco e a flecha foi pregar a perna de *Tchu*, o Sol, contra as paredes do dia.

E até hoje é assim. Desde aquela hora, a vida ficou cheia de luz.

As costas dos índios tornaram-se cor de bronze. E os frutos douraram-se, e as flores ficaram coloridas. Os rios iluminados transpareciam as águas e a sogra de Kanan-Siuê não reclamou mais. Nunca mais.

Foi assim que a luz apareceu no mundo..."

Cheerá calou-se...

Seu É-num-é espiou para o lado, espiou para outro e falou:

– E foi assim que a luz apareceu... Pois, minha gente, jé madrugada e percisamo agradecê a Kanan-Siuê pela nova luis do dia que vai surgi.

Só então notamos que a Lua descambava de todo e que em breve seria dia.

Quem passasse numa canoa no meio do rio veria apenas a cinza de uma fogueira e uma ou outra labareda brilhando fraca.

– Vamos drumi, minha gente?

Agora eu via que todas as fisionomias estavam com os olhos se apertando, reclamando pela rede e pelo sono. Começamos a nos levantar.

Os índios ainda dançavam ao longe. O som dos maracás chocalhavam uma batida monótona.

Leopoldina dormia calma por trás da barranca. Um galo cantou ao longe.

Na praia só ficou um vulto estendido, pronto para começar o sono.

Era Cheerá, o irmão do rio.

Voltei devagar, caminhando para o meu rancho com o peito cheio de sertão.

Um vulto se afastava, saindo do meu rancho e se dirigindo para a aldeia. Era Teluíra, que me esperara toda a noite. Agora ela se ia. Ia-se embora, graciosamente, como se o vento da manhã a empurrasse de leve.

Deitei-me. A rede estava ainda morna. Balancei-a, sentindo em minha volta o perfume verde da selva que ficara...

Terceira Parte

...LONGE DA TERRA

Capítulo Primeiro

...LONGE DA TERRA

O rio tinha feitiço em suas águas. O homem de Leopoldina era absorvido por ele. Tal qual o índio carajá, que um dia saíra da profundidade do rio para se perder na superfície da terra. E aquela ansiedade, aquela maldição dolente de retorno ao seio da mãe-água, estava se manifestando a toda a hora, não só nos índios como também nos brancos.

Os homens não queriam abandonar a beira do rio. Não queriam por um momento sequer deixar as gengivas brancas da areia, coladas à garganta cantante das águas.

Os brancos tinham adquirido o contágio, o suave fascínio de todas as águas.

Mas as águas do rio passavam, passavam...

O tempo acompanhava a sua rota. O tempo era devorado pelo próprio tempo. As horas ignoravam o seu significado e tudo era uma bola compacta rolando em surdina, ligando dia com noite e calma com solidão.

Chegou de novo a primavera.

As margens de ambos os lados exibiram os mais coloridos motivos decorativos, num tapete de flores. A selva se fantasiou de todas as cores. Agora, o verde não predominava. O amarelo, o roxo, o vermelho-queimado tinham misturado as suas tintas em qualquer parte da mata. E os pássaros, e as aves, vinham ali pousar para adquirir a cor de suas penas.

O ar se impregnou de um perfume novo, diferente daquele cheiro de humo que habita o interior de cada selva.

A primavera cantou a cantiga do seu tempo e partiu. Veio a época da desova das tartarugas. As areias das praias ficaram repletas de ninhos encobertos.

O rio a todo instante era cruzado por canoas velozes de índios que partiam para a colheita. Os toris faziam a mesma coisa. Enfiavam-se rio abaixo à procura de praias desertas e invadiam os ninhos enterrados das tartarugas. E os dorsos se abaixavam. E as mãos se intrometiam nas areias mornas. As ubás se enchiam...

O tempo da desova também se foi...

... Quando foi um dia... Meu Deus!... Como o tempo passou ligeiro!...

O céu pingou a primeira gota de chuva.

Mas não era possível! Já ia fazer um ano que eu estava por aquelas bandas? Sim. Essa era a verdade.

O tempo das águas estava para voltar. Que bom! O tempo da rede vai voltar!

A primeira gota d'água pingou do céu. A primeira gota de preguiça nasceu em mim...

Cocei a cabeça desorientado. Estava relembrando os meus planos. Eu não disse que ia plantar? Que faria uma roça quando a chuva parasse? E agora?... Agora vinha a chuvarada de novo e nada fizera. Por mim, a natureza continuaria do mesmo jeito. A terra seria virgem por mais um ano garantido. Eu não plantara. Não plantara...

Mas por quê? Então por quê? Por que esquecera os meus projetos?

Olhei as águas do rio que passavam. Ali se encontrava a única resposta. As águas do rio que passavam, passavam...

Assobiei uma coisa qualquer, sem musicalidade certa, com uma melodia confusa, cuja letra só poderia ser:

– As águas do rio beberam o meu sonho!... As águas do rio beberam os meus sonhos!...

Eu estava afogado. Agora, se quisesse plantar, se quisesse pensar em plantar, teria que esperar a chuva passar novamente...

Um sol de compreensão raiou dentro de mim. Eu completava, eu solucionava o problema, o único problema incompleto que tinha me restado: por isso ninguém plantava em Leopoldina. Todo mundo se afogava no rio.

E tinham razão. Assim era melhor. Por que calejar as mãos nos cabos das enxadas, nas unhas da ambição, trocar o paraíso pela dor, quando o vento fresco vinha das águas?... Por que se meter no meio da roça numa mata, onde o sol era quente e abafado, com sensações de angústia?

O rio tinha peixe e não possuía mosquito. Na mata, só muriçoca e suor escorrendo pelo corpo...

– O rio descendo bebeu o meu sonho!...

– O rio descendo bebeu os meus sonhos!...

Ora, que graças a Deus! Estou sendo feliz. Sendo feliz. Vai chover! Vai chover!

Suspendi a palma da mão para o céu, comecei a catar gotas de chuva. Depois fui esfregando a mão molhada, numa doce ternura, contra a barba do meu rosto...

Capítulo Segundo

SEMELHANÇA

A chuva desabou de novo.

Minha rede balançou no rancho.

Outras redes balançaram noutros ranchos.

O preto Virgílio passa todas as tardes em direção ao rio.

Os carajás continuaram o cafuné interrompido seis meses antes...

Estou me lembrando do Tesouro da Juventude. Há sapos que se enterram durante seis meses. Há pássaros que fazem a mesma coisa.

O dia no polo leva seis meses...

Está chovendo muito.

O canto da chuva acompanhava o choro da minha rede: xen-en-en...

A palha do rancho está cheia de lágrimas.

Vem uma sonolência que anula qualquer lembrança, qualquer semelhança que exista entre o meu mundo e outros mundos.

Minha sensibilidade está inconsciente. Não tenho nervos centrífugos nem centrípetos.

Também não sinto medo. Nem tampouco a minha medula transforma as sensações recebidas em movimentos executados.

Que sou agora? Uma imagem? O que é o universo? Uma imagem ou uma variada superposição de imagens? Talvez...

Não há percepções em minha matéria estagnada. Elas se anularam e não se relacionam com uma determinada que deveria ser o meu corpo.

Os objetos que me rodeiam não têm importância alguma, porque não refletem agora uma ação possível do meu corpo sobre eles.

Tudo passa. Tudo se nivela. Tudo se funde no nirvanismo absoluto do meu eu reduzido à imobilidade, sem noção de variantes ou de existências.

Existe uma rede que balança e que geme...

Tudo passa. Até o Universo. Nada poderá realmente produzir para mim algo que seja de novo.

Há uma doce sonolência vagando dentro de mim.

O que existe é balançar a rede, uns olhos que se fecham e seis meses de espera.

A chuva amamentará o rio. O rio molhará a terra. A terra molhada trará o seu cheiro ao meu nariz. E eu, somente eu, inutilizando o meu eu da semelhança de outros mundos de matéria...

Capítulo Terceiro

REVELAÇÃO

Remexi-me na cama.

Meus olhos foram se abrindo, incomodados com a luz que penetrava pela janela do apartamento.

Olhei o relógio. Oito horas. Meu Deus! Estava atrasado. Ali estava o meu apartamento sórdido. Imitações de Goya pela parede. Estantes de livros encadernados em verde com as minhas iniciais douradas em relevo.

Desviei a vista aborrecido. Dentro de mim, aquele mesmo cansaço estranho e intraduzível.

Um ruído de vida, um barulho atordoante se realizava lá fora. Aqueles sons que me eram comuns, porque existiram antes e todos os dias.

Entretanto me vinha aquela revolta, aquela impressão enjoativa, como se aquele barulho só então existisse.

A campainha do telefone tilintou... Seu ruído áspero veio serrar uma a uma as fibras de ferro dos meus nervos tensos.

A mão se arremessou em garras contra o fone.

– Pronto.

Uma voz esquisitíssima gargalhou ao meu ouvido.

– Queira desculpar. É engano.

– Não. Não é.

Tentei desligar, mas os dedos estavam grudados, atraídos os meus ouvidos pelo fascínio macabro daquela voz.

– Não é engano. O senhor está atrasado. Ouça... Tudo existe. Tudo depende. Uma coisa das outras. Embora o senhor não queira. Embora o senhor sopite os seus recalques, tudo existe.

– Não compreendo.

– Olhe. Aproxime-se da janela. Viu?

– Sim.

– Pois é o progresso e a civilização. Tudo existindo, vibrando, embora o senhor tivesse desejado que tudo permanecesse como a primeira forma.

– Mas, por Deus, quem está falando?

– Eu sou o futuro. Existo. Se bem que o tempo não passe de uma parcela prolongada de uma ilusão de continuidade. Sou o futuro. Alguns me chamam de passado. Outros, de presente. Eu sou apenas o perpétuo, porque a eternidade se fecha em círculos, só círculos. Como sou, matéria ou imagem, serei sempre o perpétuo. Não me confunda com o infinito ou o eterno. O infinito existe. Não há uma parte a negar na existência de um todo. O todo mesmo poderá querer se revelar a você. Inutilizando esse egoísmo existente e ao mesmo tempo paradoxal que se tranca em seu podre íntimo. Essa realização maravilhosa surge em minúsculas partículas de embrião. Você começa a se realizar e beber o prazer da vida sem a simples matéria. São Francisco de Assis era assim.

E um dia, meu amigo, o seu mundo preso se limitará a ser um elo de outros mundos. Outras vidas deslizarão dentro da barreira intransponível desse ser que agora lhe pertence, com a mesma eclosão que você deslizará dentro de outros atos contínuos em outros seres semelhantes. Não há matéria e pode haver.

O pior, meu amigo, e veja bem: é não saber o que há e saber que há. Uma contradição metafísica completamente exata. Tudo existe. Eu existo...

– Mas quem é o senhor? Por que assim me fala?

– Eu? E o que importa? Veja! Apenas veja, como já disse!

E a voz foi se afastando, mas antes de se perder mostrou-me algo de surpreendente que surgia fora da janela do meu apartamento: a civilização. Uma civilização dando mostras de um esforço abnegado. Que viera chegando, invadindo as paragens de Leopoldina, de dentro para fora. Eu sentia isso. Compreendia aquela movimentação de crescimento. Vinha de dentro para fora, sofrendo uma dor de aprofundamento.

– Veja! É algo semelhante a você mesmo, não?

Calou-se a voz.

Fato estranho! Ali estava eu a discutir com o futuro ou o perpétuo, a ouvir coisas que jamais teriam me preocupado. Coisas que estariam mortas dentro da comodidade do subconsciente.

Agora aquela voz continuava a falar no meu íntimo.

– Veja! Aquilo é algo como a sua dúvida transparente. Algo que o transtorna e o incomoda. Que o ameaça e penetra na sua contraditória consciência de matéria...

Alisei o queixo. O rosto bem barbeado deu uma agradável sensação à minha mão.

Entrei no banheiro. Olhei o relógio. Estava atrasado.

Depois, vesti-me. Tomei o café às carreiras. Desci o elevador do prédio onde morava. Não me lembrava ou estava tão imbuído na regularidade da minha vida que nem reparava estar morando no décimo segundo andar de um edifício.

Cheguei à rua. Era a Avenida Central de Leopoldina.

Todo o mundo caminhava à pressa e havia sinal de muita civilização que agora me irritava.

Ruídos de aviões no céu. Bondes superlotados trafegando continuamente. Buzinas ensurdeciam os espaços. Bem calçadas eram as ruas. Sinais de trânsito funcionando. Carros parando. Homens parando. Grandes ônibus percorrendo a cidade em todas as direções. Prédios elevados circundando as artérias principais. Anúncios e cartazes se sucedendo uns aos outros.

Saltei no cais.

Aproximei-me das águas. Não, as águas não eram as mesmas.

O Araguaia milenário continuava passando, mas suas águas tinham reflexos coloridos de manchas oleosas. Milhares de embarcações sulcavam o rio.

O porto e as docas se distendiam numa distância de vários quilômetros.

Navios de carga ancorados faziam descarga ou carregamentos.

Guindastes possantes levantando para o ar grossas lingadas.

Olhei sorrindo todo aquele progresso.

E sorrindo parei perto de um homem e puxei conversa. Era um tipo padrão aquele estivador. Todos os outros eram iguais. Possuindo a cor bronzeada e guardando nos olhos a expressão mongólica que indicava a descendência dos antigos carajás.

Falei para ele, enquanto pensava: "...No começo os homens vieram para fazer uma grande cidade..."

– Que bonita paisagem, não?

Sem se desvirar, ele respondeu:

– Sempre a mesma coisa.

– Bem. Sempre a mesma coisa para o senhor. Mas eu que conheci Leopoldina apenas começada! Quando esse porto nada mais era do que uma barranca onde os índios pescavam... Naquela margem de lá muitas garças brancas pousaram. Eu posso notar a diferença. O senhor não, porque não chegou a conhecer a vida antigamente.

O homem me espiava espantado, sem nada compreender.

– Mas o senhor é moço. Tem apenas vinte e poucos anos. Nunca poderia ter visto aquilo de que falou...

– Eu? Não. Eu não sou moço. Sou velhíssimo.

O olhar espantado sondou meus traços calmos.

– Mas quem é o senhor?

– Eu sou o tempo. O futuro. A consciência reflexa da matéria. Da matéria bem empregada e sem noção de egoísmo...

O estivador crescia as suas expressões de espanto.

Virei-lhe as costas. Resolvi sair e caminhar.

Nem bem ensaiara os primeiros passos e ainda ouvia que ele comentava, sorrindo:

– É mais um louco. Produto de civilização...

Irritado, comecei a caminhar. Andava sem saber por quê. Mas andava sempre. Ninguém oferecia uma face semelhante para mim. Nem um rosto onde encontrasse a semelhança dos meus impulsos.

Todos os cantos eram conhecidos e desconhecidos ao mesmo tempo.

As ruas se sucediam, numa sensação de distância. E eu andava.

Os prédios todos tomavam um só formato. Os prédios tinham enlouquecido de igualdade: produto de civilização...

Havia os bairros alegres. Cartazes de cinemas e muitas casas de diversão.

Um cansaço veio se apossando de mim, mastigando o meu abandono. E eu caminhava.

Chegara a noite e o barulho da vida parecia ter aumentado.

Doía-me a cabeça de um modo brutal.

Buzinas por toda parte. Ônibus. Carros. Bondes se arrastando. Trilhos iluminados.

Anúncios vermelhos cortando os ares, doendo na vista.

Os jardins eram verdes e os bancos se superlotavam.

Eu queria voltar e não me lembrava mais onde ficava o meu prédio de apartamento. Todos eram iguais. Todos tinham enlouquecido.

Devia andar. Andar. Sentir os músculos das pernas arderem e os dedos dos pés queimando o couro do sapato. Um suor frio me porejava a face.

Fui andando. Andando tanto que não sentia mais as pernas. Somente o ruído se multiplicando na minha angústia. Uma sensação de fraqueza me dominava. Uma sensação mortal. Era isso, eu queria morrer...

Aquela era a paz da matéria que o perpétuo tinha me mostrado.

Era a civilização que eu descobrira e revelara. Ali estava o mundo descoberto, me exacerbando e me desesperando tanto. Criando aquela ojeriza ao progresso por mim inventado.

Tinha revelado tanto para os outros, mas para mim só existia o cansaço, o abandono e a morte.

E ninguém se confundia comigo na minha ânsia eterna. Ninguém abandonava o seu egoísmo interior para participar da minha angústia.

Ninguém. Nada. Nada correspondia ao sacrifício feito na minha divisão pelos outros.

Eles tinham desenvolvido apenas o meu egoísmo que sumira. E os meus sentimentos humanos para o próximo não encontravam repercussão a meu favor...

– Humanidade ingrata!... Eu...

Eu queria falar com o tempo. Recriminá-lo pela ideia que me impingira.

Que fazer? Voltar atrás? Para longe, bem longe de tudo aquilo que era superficial?

Ou não entendera a mensagem do tempo?

Não era o progresso que ele exigira da cidade e sim o meu progresso. A minha estranha revelação ante mim mesmo.

Não, ele não falara do aperfeiçoamento daquela gente que vivia tão longe e tão perto da terra, em Leopoldina. Ele não condenara aquela terra que tanto tinha de Promissão como de Indolência. Nada disso. Talvez o tempo soubesse e deveria saber que o progresso desumaniza os homens e os empolga cada vez mais com a sua podre consciência reflexa de matéria. Os homens se apartando pelo progresso e se unindo pelo egoísmo.

O tempo falara para mim. Despertara o meu eu desconhecido. Acordara os meus anjos adormecidos.

Mas se enganara. Não conseguira o seu intento, porque eu jamais me veria como a verdadeira terra da Promissão e da Indolência.

Na realidade, nunca passara de uma alma presa num corpo, subordinados, ambos, a uma vontade fraca e deteriorada.

Não revelara as minhas dúvidas e nem me colocara visivelmente como um homem dentro da pequena realidade de mim mesmo.

O perpétuo pretendera me mostrar que, mesmo ali, eu teria as possibilidades de me ter descoberto.

Antigamente eu começara a ser feliz. Feliz na minha condição humilde de um simples "dotô". Curando relativamente os males alheios e levando a alfabetização aos seres menos afortunados, aos pobres indiozinhos carajás...

Aquele era eu... Aquelas eram as sementes que germinavam na minha terra bruta e virgem, desconhecida e inóspita. Ai! Minha terra rachou! Minha terra rachou!...

Queria voltar. Agora que me revelara. Ah! Se possível me fosse voltar! Se me fosse dado jogar uma bomba de saudade que explodisse em fúrias de lágrimas devastando tudo. Dizimando Leopoldina com a sua mesquinha civilização...

Se me fosse apresentado o poder de deter, de construir, de recolocar nos antigos lugares as pedras das cachoeiras...

... – Se um dia destruírem as cachoeiras do sul do Pará o rio correrá suave e a civilização entrará nos sertões esquecidos. E os transportes serão feitos, porque as distâncias serão diminuídas – assim diziam os jornais...

Reconstruindo as cachoeiras, empataria o crescer vertiginoso daquela civilização maléfica e insensível...

Sim, somente uma bomba de saudade, arremessada no passado, poderia reaver os horizontes perdidos.

Suava frio. Minha testa porejava. Levantei a mão para o meu rosto e senti o frio pregando-se na minha cabeça.

Meus olhos se abriram. Uma tontura enevoou-me a visão.

Depois, consegui divisar seu É-num-é que colocava uma toalha molhada na minha testa e a fisionomia espantada de Djoé que me espiava.

Quando ele me viu acordado, sorriu para mim, satisfeito:

– Que febre, hem, dotô?

Minha cabeça estourava. Levantei o pescoço dolorido e enxerguei a noite lá fora.

Felizmente, meu Deus! Felizmente... Não fora verdade e sim uma alucinação de febre.

O rio continuava o mesmo. E perto do Pará as cachoeiras existiriam como sempre o foram. Tudo do mesmo jeito.

Graças a Deus que a bomba da saudade funcionara a tempo.

Pousei a cabeça devagarzinho e balancei a rede suavemente. Fechei os olhos, ouvindo o som mais lindo da vida, que falava monotonamente, mas cheio de mil significados na linguagem molhada da chuva...

– Graças a Deus. Dessa vez, muito obrigado, meu Deus!...

Capítulo Quarto

OS DESCONHECIDOS

Voltou a ressurreição das praias.

O Geral me trouxe o alívio para a última febre que apanhara.

Estou bom. Sairei da rede. Agora sou um homem muito mais feliz. Durante a minha doença fiz planos e resolvi que nada me decepcionará.

Portanto não vou plantar. Não insinuarei a ninguém para que plante. Plantei em mim a grande qualidade do homem: a compreensão.

Não estou fabricando planos para o futuro. O tempo não me interessa. Sei por que ninguém planta em Leopoldina. Não serei mais atacado pela ideia de remexer a terra virgem, adormecida. Por mim, ela não acordará. Não despertará para o progresso, para a insignificância da civilização.

Deixo que a cidade continue do mesmo jeito. Longe de mim a ideia de que se se desobstruíssem as cachoeiras a civilização visitaria essas paragens, num sentido de aprofundamento. De aproximação.

Esse mundo maravilhoso deve permanecer assim por muito tempo ainda. Deve continuar como foi, criado à última hora, no último dia da Criação. O lugar que, segundo o cabo Milton, Deus criou sem visitar.

Visitar! Devo visitar o cabo Milton.

Amarrei o cordão em volta da cintura. Como estou pobre! Minha calça é uma série de remendos que se continua em buracos mal tapados. Toda a minha roupa se acabou semelhante ao meu orgulho. Sou um ser humano vaidosamente notável e desprendido. Nada tenho. Nada possuo. Nada sou. Minhas camisas se foram. Até uma que era branca, que eu guardava religiosamente para se um dia eu voltasse à cidade... Mas não voltarei.

Um dia faltou pano para um curativo e foi melhor assim.

Ninguém se importa com indumentária por aqui. Da pouca roupa que outros tempos me impingiram, ou se acabaram ou distribuí pelos índios. O paletó de casimira inglesa ficou como presente para dias frios de seu É-num-é...

Irei ao rancho de cabo Milton.

Saio. A vida está perfeita. As praias agora se deitam no cafuné azul das águas do rio...

O sol é quente. Os jacarés devem estar se esquentando nos velhos paletós de casimira do sol.

Caminho entre as ruelas. Olho para o interior de muitos ranchos. Agora não uso dessa cerimônia. Dou bom-dia para uns. Ouço as respostas simpáticas e iguais que vêm à minha saudação.

Sei que Fio chegou a noite passada com o correio que veio do Pará. Ele é filho de Dona Veronga, a preta que vive com o cabo Milton.

Deve haver novidade vinda do Norte.

Fio voltou essa madrugada. Já deve ir longe, remando, remando com mais quatro companheiros...

– Bom dia, dotô!...

Sinto uma musicalidade irradiante nesse dotô.

Um arrepio me percorre os membros. Tenho a impressão de girar sobre um disco e rever-me na loucura de dois anos ou mais que se perderam...

...Aquilo não era vida! Vida era outra coisa!...

O dia inteiro dentro de um hospital. Tudo branco. Paredes. Aventais. Teto. Escadas. Uma igualdade continuamente branca. Da cor da minha vida paralelamente igual. Claro que havia uma outra coloração para diferenciar a permanência do branco: o vermelho. A cor do sangue. Ouvindo gemidos no silêncio. Gente caminhando devagar por dentro dos grandes e emagrecidos corredores de epiderme branca.

Fazer curativos e observar faces pálidas, amarelecidamente brancas. Tirar sangue das veias de muitos braços e observar suores frios, molhadamente brancos, porejando de testas agoniadas.

Furar espinhas para arrancar o precioso liquor, que era imediatamente colocado dentro de brancas e transparentes provetas...

Começou a se criar em mim uma onda de brancofobia. Branco-psicose.

E o pior era ter a consciência de que tudo aquilo não era branco. Que aquilo era uma reunião de todas as cores do arco-íris. Que tudo se revestia de muita profundidade. De muita dor que relevava a complexidade da vida num quadro triste. Aquilo era um hospital.

Era, sim. E caindo nessa realidade, apossava-se de mim uma tremenda decepção. Um cansaço quase que absoluto. Mais que isso ainda, uma indiferença atribuladora.

Meus pés tinham se viciado em caminhar por todos os degraus das escadarias do hospital.

Meus sapatos pareciam conhecer a extensão de todos aqueles tapetes. Minha vista era capaz de medir inconscientemente o tamanho de cada sala e de cada corredor.

Meus ouvidos, que tanto gostavam de música, por força do hábito, conheciam o som de todas as palavras moduladas pelos médicos e enfermeiros.

Bastava qualquer pessoa daquela fingir ou tentar balbuciar qualquer coisa para que, antecipadamente, eu lhe adivinhasse o conteúdo.

Deus meu! Parecia ter ligado minha cabeça aos pés e moldara no meu corpo a forma de círculo. Sim. Um círculo. Uma roda. Um pneu. Qualquer coisa que desgraçadamente se movimentasse igual. Girasse para a frente ou para trás. Mas sempre rodando, repetindo os mesmos movimentos.

E era assim a minha triste vida.

Amanhecia ajudando a pobre humanidade. Convicto, porém descontente em ser um elo completamente ajustado, colocado na engrenagem da vida. Convicto de viver a minha utilidade de uma maneira correta, mas impersonalíssima.

Amanhecia, pois, ajudando nas ventrilografias, encefalografias. Pesquisando lâminas de biopsias, nos laboratórios patológicos. Laminando no micrótomo pedaços de tumores cerebrais. Enfiando a vista por dentro dos olhos dos microscópios e avistando um número infinito de micróbios, que ajudavam a devorar famintamente a degradação da carne humana.

E aquilo não era nada. Ou melhor, não tinha sabor de nada.

O pior era a péssima e macabra impressão do olho do microscópio entrando dentro de mim.

Sim. Podia ser loucura, mas aquele olho se enfiava por dentro do meu íntimo e ia diagnosticando decepcionado:

– Micróbios brancos!

– Garganta branca!

– Esôfago branco!

– Estômago branco!

– Fígado branco!

– Metros, metros e mais metros de intestinos completamente brancos!...

Tomei verdadeiro pavor ao microscópio que invadia indiscretamente o meu corpo interior e parecia adivinhar as reações passivas e descoloridas do meu desencanto pessoal.

Como defesa – e que fraca defesa! – comecei a me afastar do famigerado instrumento.

Que me importava o tamanho das células? O seu significado? Sim, por que não? O seu significado... Elas só poderiam ser de dois jeitos: ou afirmar uma moléstia benigna ou acusar uma moléstia desgraçada.

Células! Células roxas! Azuis! Vermelhas! Amarelas! Brancas!...

Redondas, deformadas, compridas, estreladas... Sinais tristonhos de infecções, tuberculose, câncer, morte... Morte rápida ou prolongada. Mas sempre morte.

A sombra da cor da morte seria positivamente branca. Células bestas!

Tudo era horrível. Sórdido para mim. Para o meu descontentamento.

– Faça o favor de ajudar aqui...

– Serre desse lado...

– Mais éter...

– Dê-me aquela agulha...

– Chamam o senhor estudante na enfermaria 3...

– Examine essa urina...

E lá ia eu, qual um autômato, examinar urina de gente, tumores cerebrais, lascas de gliomas. Pedaços endurecidos de nervos. Cabeças abertas. Soro em corpos debilitados. Operações em úlceras estomacais. Cancros externos. Membros partidos. Sexos inflamados... Podridão ambulante...

Demônios!... Quem diabo meteu na minha cabeça que eu, esta posta de esterco, dava para a medicina?

Quais os culpados? Meu pai? Meus irmãos?... Meu avô?... Quem foi? Quem foi?...

Não! Positivamente não. Eu não prestava para aquilo. A palavra abnegação produziria vômitos, se acaso insistisse em pronunciá-la. Não me sentia dono de uma correspondência comum que une os médicos aos sofrimentos humildes e mais desgraçados ainda.

Não me disporia a sacrificar o resto da minha vida no estupor descolorido daqueles corredores brancos, daqueles tetos brancos, daqueles leitos profundamente brancos. Sintetizando, daquelas vidas perdidamente brancas.

Fugia-me, escapava-me a tara suficiente para amenizar o sofrimento desse vale de lágrimas tão material. Tão material que o meu egoísmo se contraía, bocejando de indiferença.

Incrível como um ser humano pudesse embotar os sentimentos cristãos como eu o fazia naquele momento! A tal ponto de esquecer os semelhantes, de não notar os relevos da dor, da vida. A tal extremo de misturar o meu aborrecimento interior com os formatos diferentes daquelas vidas tristes amarradas nas camas, se arrastando pelos ladrilhos, a pedir misericórdia dentro de um mundo tão grande e tão lamentavelmente sem eco para mim.

Egoísmo puro se lambuzando de insatisfação...

... Dotô, num aceita um cafezinho?...

Estremeci. Dona Julieta deveria ter enriquecido. Na porta do rancho, ela me acenava, sorrindo. Café! E naquela época?!...

– Aceito, sim, Dona Julieta. Mas só posso tomar o café e sair. Tenho pressa...

... Naquele dia também uma xícara de café solucionara a minha angústia. Era um café gostoso, quente, lançando para o alto a fumaça do calor. Meus olhos sentiram um prazer enorme fixando o líquido negro que percorria qualquer direção dentro da xícara, de acordo com o movimento dos meus dedos. Foi aí que um arrepio percorreu-me todo.

Desviando a vista do líquido negro, meus olhos se pregaram angustiados na louça branca e fria da xícara.

Aquele branco, sempre aquele branco! Minha consciência despertando para tudo que fosse branco. A cor da paz me estrangulava na minha loucura mansa. O comum do branco! Do igual! Do imutável!

Naquele momento, nasceu a certeza de que estourara em mim o verdadeiro horror embotado nas profundidades do meu ego.

O negro, sim. O preto do café era diferente. Aquela ausência de luz, comumente chamada preto, se revelava agora como uma tonalidade de paz, de sossego, de morte mesmo.

Não era preciso se atribuir qualidades de psicanalista para descobrir o problema nojento se desdobrando no meu íntimo. De um jacto quase, iluminou-se a grande repulsa que sentia pela vida médica ante minhas pupilas dilatadas pelo desconcertante daquele conhecimento.

Eu não dava para médico. Podia pensar que sim o resto nojento daquela família que me educara por amor de Deus. Se vivo fosse o meu avô, ele balançaria o rosto, onde os bigodes queimados de rapé escondiam os lábios murchos e arrocheados. Os olhos miúdos, morrendo dentro das rugas, estariam, naquele momento, condenando, excomungando a minha descoberta...

Podia dizer que sim o operador que achava que eu tinha mãos leves e hábeis, tato perfeito para decifrar, dizimar, extorquir pedaços de órgãos atingidos pela lâmina das infecções.

Podia tudo isso ser verdade. Mas não estava disposto a continuar nessa vida que não me pertencia, porque os outros, os outros que não participavam de minhas angústias em crescendo, dissessem, pensassem ou manifestassem o seu modo de pensar a meu respeito.

Faltavam menos de três anos para me formar. E três anos, dizem, passam logo.

Não para mim. Se eu continuasse naquele viver, aqueles três anos tomariam o formato qualquer de eternidade, filosoficamente.

Se eu continuasse. Se eu continuasse...

...Olhei o rio passando. Fio chegou de noite com o correio e já descera novamente para Conceição do Araguaia... Ele continuava.

...Mas se eu continuasse... Continuidade... Moto-perpétuo... Moto-contínuo... Roda... Pneu... Círculo...

Se eu continuasse, esses três anos significariam o término da loucura que estava se agravando dentro de mim. Eu terminaria como um líquido branco dentro de uma proveta branca armazenado numa prateleira branca de um hospício distante.

Distância. Isso.

Então a reação se fez, naturalmente. Comecei a descuidar nos meus trabalhos. Nas aulas, absorvia-me em mundos perdidos. Ouvindo passos, passos que caminhavam em silêncio, com toda liberdade e por lugares diferentes e talvez inexistentes.

Apareceu-me até uma modificação externa. O meu âmago estava contaminando o exterior, com os miasmas do desleixo.

O meu trajar se manifestava aos olhos dos outros de uma maneira desagradável. E eu que sempre procurava andar com um certo requinte dentro das minhas modestas possibilidades de estudante!

Nada disso importava. Aquelas novas experiências divertiam-me.

O meu eu exterior caminhava rapidamente, quase igualando na raia, o relaxamento interno.

Fui me observando mais ainda. Tornei-me taciturno e calado. Afastei-me dos colegas, empolgado pela grandiosidade da minha descoberta.

Perdi o sentido de solidariedade humana, de cordialidade. Os seus problemas, os outros, as suas teorias não me interessavam de forma alguma.

A vontade interna de caminhar se manifestou também exteriormente. Uma necessidade tremenda de caminhar me assaltava a todos os momentos.

Passava os dias esquecido de tudo, abandonando sem o menor remorso o que os outros chamavam de responsabilidade e que eu também deveria chamar. Mas não...

Que prazer estranho em me meter no meio do povo, no seio das massas e sentir-me o homem das multidões!...

Um dia, numa dessas variantes, o destino segurou o meu ombro e me segredou baixinho:

– Olha!

Diante dos meus olhos, havia algo, aparecia algo realmente novo. Desdobrava-se um mundo quase virgem, existente e teoricamente realizado nos meus sonhos e nos meus recalques.

Cartazes anunciavam e convidavam com certa insistência e simpatia:

A MARCHA PARA O OESTE.

Ouvi apitos de trens. Passos cortando a selva. Remos chocalhando nas águas frias dos grandes rios...

...Fio devia estar longe. Engolindo distâncias. Os seus braços apertariam, ora um, ora outro, o remo. O remo cortaria as águas naquele cantar macio...

...Era isso. O Oeste estava a me convidar. A despertar-me o sangue adormecido. Um sangue letárgico de bandeirante que se transfusionara por descuido das veias dos meus antepassados para as minhas. Bandeirante... sertão... selva...

Daí, aquela vontade louca de caminhar. Andar penando por um mundo totalmente verde. Totalmente colorido por outras tonalidades que não fossem o branco sem pretensões.

Por isto, a razão pela qual meus pés insistiam em caminhar, em medir o tamanho de todas as ruas...

Confesso que voltei satisfeito para o hospital.

E naquele ambiente, onde até àquele momento eu só o enxergava como a casa da dor, consegui nessa noite rir, brincar e cantar até.

Estava feliz. Não só descobrira a razão da minha amadurecida insatisfação, como uma maneira decidida de combatê-la. Examinei no meu quarto o que me seria útil numa viagem daquela espécie.

Meus olhos se pousaram com um certo prazer destruidor na caveira em cima da estante.

Agora que o movimento revolucionário tinha irrompido, não haveria peias para amordaçá-lo. Um sentimento de perene deboche aflorava constante em todas as expressões do meu rosto. A minha Bastilha necessitava de ar puro, revigorador. Viva a liberdade!

E todas as traças amareladas e surrealistas existentes nos tornos de medicina puseram as cabeças uniformes e gritaram entusiasmadas: "Viva!"

– Abaixo os membros dissecados!

– Abaixo os estômagos ressecados!

– Morra a anatomia!

– Fora a velha e abnegada medicina!...

Minha alma dava milhões de gritos de alegria. Havia uma sinfonia muito mais fantástica do que a de Berlioz, desde as pontas dos meus cabelos até o dedão grande do pé esquerdo.

A porta se entreabriu. Uma ridícula enfermeira com uma ridícula touca branca sorriu, mostrando os dentes postiços, certinhos como espiga de milho. Fez uma pausa me fitando e transmitiu-me:

– Há dois dias que o Dr. Moreira da Fonseca quer falar com o senhor.

Rosnei ameaçadoramente:

– Amanhã irei vê-lo. Obrigado.

Que vontade louca de fazer-lhe um gesto expressivamente, lindamente pornográfico, com a mão...

...Com a mão, Janjão, da porta da venda me acenou um boa-tarde...

•••

Desci a escadaria, atravessei o laboratório, enfiei pelo corredor adentro e cheguei ao ambulatório. Entrei.

Dr. Moreira da Fonseca examinava um homem. Desde a primeira vista me pareceu um caso de hemiplegia.

Findo o exame, o homem se vestiu. Recebeu a receita e saiu.

Dr. Moreira da Fonseca esfregou as mãos, olhou-me e sorriu:

– Que tal lhe parece isso?

– Hemiplegia.

– Isso é evidente. Mas qual o motivo?

– Provavelmente, pelos sintomas que observei, deve ter sido o álcool o agente direto. A causa eficiente...

– Exato. Uma triste verdade. Um homem inutilizar-se por causa de um vício.

Olhei o velho médico. Gordo, vermelho e bondoso. Das poucas pessoas que conheci na vida que conseguia atravessar os anos com uns olhos meigos e puros, de expressões de leite de infância.

Dr. Moreira da Fonseca tinha olhos de infância. Mas nesse momento eles estavam tristes, fugindo da expressão costumeira.

Levantou o rosto ensombrecido e encarou-me.

Nem era preciso que falasse. Eu já adivinhava claramente o conteúdo das palavras que iriam surgir.

– Então, meu rapaz, o que se passa consigo?

– Creio que nada, doutor.

– Tem certeza disso? Hum... Eu o tenho observado ultimamente. Tenho acompanhado a solidão que o senhor procura. E mesmo...

Aí ele procurou um jeito mais suave para amenizar a gravidade do que ia dizer.

"...Tenho recebido algumas queixas quanto à sua ineficiência e desinteresse por tudo que se relaciona à vida interna do hospital..."

Não respondi. Ele continuou:

– A princípio não liguei ao que contavam a seu respeito, porque sabia-o um excelente aluno, exemplar mesmo. Cumpridor de suas obrigações... Diga-me, está envolvido nalguma complicação? Ou serão dificuldades financeiras? Pode falar abertamente, porque, meu filho, eu também já fui estudante.

– Não, Dr. Moreira da Fonseca. Não se trata disso. Só existe uma coisa: vou abandonar a medicina!

Os olhos do médico se dilataram. Sem querer ele se recostou na escrivaninha.

– Agora? No fim do terceiro ano?

– Exatamente. No fim do terceiro ano. Eu não dou para isso. Não sinto capaz de enxertar em mim essa abnegação que naturalmente não possuo. Não dou mesmo. Nunca seria um médico competente.

– Falta de capacidade?

– Tudo.

– Se o senhor se julga com essa falta de capacidade, o que diremos dos outros?

– Isso é lisonjeiro para mim. Mas acontece. Perdi o interesse. E sem um estímulo sincero que brote do meu eu interior não poderei prosseguir. A menos que tenha de mistificar-me. Enganar a mim próprio. Creio que, com toda sinceridade, nunca faria tal. Enganaria facilmente os outros, mas quando me visse nu diante de mim coraria de vergonha e decepção.

– Está mesmo disposto a abandonar tudo?

– Disposto e com toda a honestidade.

– Tem certeza de que não está agindo de má-fé para consigo mesmo?

– Absoluta.

– A vida, meu rapaz, às vezes nos oferece umas passagens assim. São fases que não demoram. E nada podemos decidir nesse período de indecisão. É preciso aguardar um pouco até que a calma retorne e possamos refletir. Então, sim, podemos decidir. Muitas coisas nos acontecem desagradáveis pelo simples fato de termos agido precipitadamente. Quantas? E muitas vezes só mais tarde descobrimos que, sem pensar, agimos capciosamente, de má-fé contra nós...

– Creio que o fato está bem pensado e muito mais ainda: consumado.

– Esse creio não traduz certeza...

– Então... não me arrependerei!

– Ah! É uma triste certeza, então...

●●●

...– Bom dia, dotô!...

Sinto uma musicalidade irradiante nesse dotô. Sou um doutor, formado pelas circunstâncias, pelo ambiente, pela necessidade da natureza. O doutor mais esfarrapado do mundo. Mais orgulhoso. Mais remendado. Orgulhoso, sim. Um orgulho que não é pecado e nem tampouco convencimento.

– Bom dia, dotô!

É uma velhinha que passa. Pobre, marrom e simpática. Ela me quer bem e me deu um bom-dia saído de dentro de um sorriso.

Baixo murmurei comigo:

– Deus que te abençoe, vovó.

Caminho mais. As ruas já secaram as lamas provocadas pela chuva.

– Bom dia, dotô.

Um homem passa e tira o chapéu de palha, respeitosamente. Tiro o meu em retribuição. O meu chapéu está com as abas desfiando.

Olho as outras ruas. Sorrio. Cumprimento. Retribuo. Caminho. Espio a paisagem. Olho o rio. Estou vivendo. Latejando...

Entrei no rancho de cabo Milton. Já era tão íntimo ali que nem se fazia preciso anunciar-me. Ia entrando.

– Sarve, minha gente!

Cabo Milton riu alto, fechando os olhos perenemente sapirocados.

– Nóis tava pensando no senhô, dotô...

– Por isso que estou aqui. Adivinhei o seu pensamento...

Ele gritou para dentro:

– Véia! O dotô tá aqui!

Dona Veronga veio lá de dentro. – Ninguém ali sabia pronunciar Verônica. – Estendeu-me a mão para um aperto carinhoso.

Nos seus olhos morava o resto de uma tristeza. Devia ser do filho que partira de madrugada.

– Tava sumido, dotô...

– Eu tinha saído numa pescaria com Djoé. Subimos o rio e fomos até o garimpo do Registro. Na volta, me deu uma moleza, lembrança talvez daquela última febre. Precisei descansar uns dois dias na rede.

– Eu bem que disse pra seu cabo que o dotô num tinha andado pur aqui. Sente um pouco. Pere aí, que vô armá uma rede pro senhô.

Sentei-me na rede e fiquei olhando as paredes que já conhecia de cor.

– Quê o violão, dotô?

– Agora não. Depois.

Uma mágoa me pisava de leve com as lembranças evocadas há pouco.

As paredes do rancho de cabo Milton continuavam esburacadas. A mesma folhinha Bayer amarelecia, pregada no mesmo canto. Os anos tinham-se passado e como nenhuma outra, nova, tivesse aparecido, continuou aquela a desempenhar a sua função.

Arcos e flechas surgiam enfiados nos caibros do rancho.

Cabo Milton preparava uma vara de pesca.

Velho cabo Milton! Só em Leopoldina ele será útil dentro da sua inutilidade. Autoridade! Útil, apesar de quase não enxergar com aqueles olhos sapirocados. Em outro canto qualquer, ele seria relegado ao esquecimento, ao interior do baú da inutilidade da vida.

Mas em Leopoldina ele era o cabo. O marido de Dona Veronga. Vivia vestido com a farda. Sim. Isso vivia. Muito embora a sua farda se reduzisse a um culote remendado, que guardava uma vaga lembrança de ter sido cáqui e lhe deixasse a descoberto as pernas finas.

Do tórax para cima, nada usava além de um peito magro e ossudo, com a pele pergaminhada pelo sol e pelos anos, onde se viam uns ralos pelos embranquecidos.

Enfiadas do lado da porta e balançando-se nos cordões, moravam as velhas botinas. De pretas, elas tinham adquirido uma coloração cinza.

Teias de aranha rendilhavam movimentos vistosos da parede para elas. Eram velhíssimas teias que Dona Veronga não mexia nem espanava, porque, segundo o que se contava, bulir com aranha dá atraso.

Velhas teias de aranha! E eram tantas que me veio um pensamento civilizado: ali deveria ser o retiro das aranhas pobres...

Gostaria de saber, mas não tinha decisão para perguntar, quantos anos fazia que cabo Milton não usava aquelas botinas...

– Fio está bem, Dona Veronga?

Ela escancarou as gengivas murchas.

– Tá, dotô. Forte mesmo. Parrudo.

– Ele não trouxe novidade do Pará?

– Troxe uma carta de minha irmã, casada cum Coriolano. Tal, dotô, quando dá fé o senhô podia fazê um desenhinho.

– Eu? Desenhar?

– O senhô é jeitoso. Óia, minha subrinha Zefa tá pra se casá e me mandô pedi uns risco. Pediu um que eu tenho que é lindo.

Abriu uma folha de papel almaço amarelado e roído.

– É esse risco.

Ela queria que eu ampliasse numa folha de papel de embrulho um ramo desengraçado, com uma flor disforme.

– É lindo, num é, dotô?

– Uma lindeza, dona Veronga.

– A gente borda o galho de verde. A frô de cô de rosa e os miolo amarelo.

Ela deu um suspiro, completando o bordado de cabeça.

– Está bem. Eu vou fazer o risco.

Cabo Milton acabara de enfiar um casquete na cabeça e de arma em punho me falou:

– Entonce, dotô, o senhô fica fazendo o risco que eu vou ali pegá um tucunaré mode nóis boiá. Dentro de um tempinho tou de vorta.

Saiu levando o vulto magro sobre as pernas finas. Era uma vara humana carregando uma de pesca.

Sentei e, numa mesa tosca, principiei a ampliação do ramo de flores.

Dona Veronga, enquanto isso, me contava uma porção de histórias curtas. Histórias assim chamadas, porque geralmente eram fuxiquinhos e deliciosos comentários sobre a vida alheia. Tudo aquilo me interessava. Tinha tão grande importância como as histórias grandes. Quem mora e se integra numa cidade tem que se interessar pelo que se diz da vida alheia.

Divertia-me com os apartes e riscava paciente, quase à espera de um milagre, o velho papel almaço.

– Tá uma belezura, dotô.

– Acredite que estou fazendo o possível.

– Tá é bunito mesmo! O senhô é artista...

Eu, artista! Felizmente a velha se contentava com pouco. Os rabiscos que fazia, aquele ramo deselegante, o lápis de ponta dura, a mesa áspera perfurando o papel... Que sorte que dona Veronga assim pensasse.

Em menos de quinze minutos voltava o cabo Milton. Carregava um belo tucunaré. Não esperava que ele se demorasse mais que esse tempo. No Araguaia, a gente joga o anzol e fala:

— Preciso de um tucunaré. Tenho dez minutos para esperar...

O rio atende ao pedido. Naturalmente que assim fazendo, ele, com um peixe a menos, poderia respirar melhor nas suas águas.

— Agora, véia, tu perpara ele para nossa boia. Faiz um pirão. Eu tenho um punhado de farinha de puba que arranjei na casa de cumpadre Zeferino. Tá lá na prateleira, entre a garrafa de pinga e o caco de rapadura.

Dona Veronga olhou o peixe com os olhos tristes e compridos.

Eu levantara a vista do desenho para apreciar. Ela murmurou decepcionada:

— Se ao meno tu tivesse pegado uns pacu-mantega!

Soltei uma risada gostosa. Sabia o que significava aquilo. Há alguns anos ficaria escandalizado. Era até possível que proporcionasse em ambos um pequeno sermão... Mas hoje...

Dona Veronga queria um pacu-manteiga porque dava menos trabalho do que o tucunaré. O pacu-manteiga cozinha na própria gordura. Naturalmente eles não tinham banha para fritá-lo. Naturalmente também o dinheiro não existia para comprá-la. Ir ao mato. Caçar um porco, um queixada. Preparar o óleo para a cozinha era coisa que não passava pela cabeça de ninguém em Leopoldina.

O remédio era pedir emprestado à vizinha mais próxima. Mas a vizinha também não deveria ter...

Por isso ela falara desanimada:

— Se ao meno tu tivesse pegado uns pacu-mantega...

Compreendendo aquilo, procurei salvar a situação. Parei o desenho e levantei-me:

– Vou ver se consigo um pouco de banha na sede do Serviço de Proteção aos Índios.

Saí me deliciando com a placidez da vida e do ambiente.

•••

Qualquer coisa não tardaria a aparecer para quebrar a monotonia da minha felicidade. Eu prenunciava isso. E um dia... chegou a hora.

Seu É-num-é apareceu no meu rancho ao entardecer.

Como sempre, nessa hora, eu balançava a rede e assistia molemente ao agonizar da tarde e ao escurecer do rio.

Seu É-num-é, parado à minha porta, estava acompanhado por outro homem. Tal foi o meu espanto que saltei da rede imediatamente.

Era um homem branco, asseado, bem vestido. Um ser civilizado que deveria ter acabado de sair do centro da civilização.

Estendeu-me a mão e foi se apresentando. Chamava-se Ricardo não sei de quê. Um nome comprido que não acabava mais.

Convidei-o a sentar-se. Seu É-num-é também se acomodou. Os olhos do desconhecido me analisavam fundo. Eu devia afigurar-lhe, segundo as expressões do seu rosto, um ser desprezível ou pelo menos exótico.

– Então, o senhor é o doutor? Todo mundo dessa redondeza fala a seu respeito.

– Não precisa me chamar de senhor.

– Eu vim passar oito meses no Araguaia...

Como se me interessasse ou me incomodasse o que viera fazer ali...

– Como soube que o senhor... digo você, veio também da cidade, me aconselharam que talvez fosse melhor ficar pousando em sua companhia. Isto é, caso não se oponha...

– Claro que não. Pode ficar à vontade. O tempo que quiser. Minha casa está sempre aberta. Não vê que a porta do meu rancho é o céu?

Mostrei-lhe a entrada sem porta.

– Está aberto para todo mundo. Índio, garimpeiro, branco...

– Quer dizer que posso trazer para cá o meu material, as minhas coisas?

– Quando quiser.

Essa noite ele dormiu no rancho. Agora eu já sabia de tudo a respeito de sua vida. Não que eu perguntasse coisa alguma. Ele se encarregava de ir logo contando.

Ricardo era rico. Toda a sua família tinha posses. Frequentava a alta roda. Gastava muito. Ultimamente sua saúde fora abalada. Andava nervoso. Aconselharam-no uma temporada num lugar diferente. Por sorte ou por azar, viera para ali. Permaneceria todo o tempo da seca.

Por mim, que ficasse a vida inteira. Contanto que não me amolasse e vivesse a sua vida.

Era triste observar aquele homem, novo ainda, atacado de tédio.

Nunca poderia compreender a vida daqui. Se ficasse, era como para cumprir um dever.

No começo perguntava-me coisas chatíssimas.

– Há quanto tempo você anda por essas regiões?

– Perdi a conta. Talvez dois, talvez três anos...

– Não compreendo. Como conseguiu se adaptar nessas brenhas? Como consegue se misturar com essa gente? Um povo porco, preguiçoso, indolente?

– Eu também sou como eles.

– Não, você não é assim. Teve outra educação. Veio de um lugar superior. Nunca deveria permanecer por aqui. Você não nasceu nesse ambiente.

– Oh! Eu adoro esse ambiente.

– Não creio. Sabe qual foi a impressão que eu tive a seu respeito quando o vi?

– Não precisa dizer. Eu vi. Achou-me maltrapilho, barbado, maltratado, remendado. Nunca pensou encontrar um "dotô" vivendo como vivo, não?

– Nunca – dizia ele decepcionado.

– Pois sou feliz. Muito feliz. Pouco importa e é o que importa.

– Farei tudo para levá-lo de volta, assim que chegue a época de retornar.

– Não o tente. Perderá o seu tempo. Irá se aborrecer, enquanto eu pouco me importarei com o que resolva, pense ou planeje a meu respeito...

•••

Daquele jeito a minha felicidade estava ameaçada. Um desconhecido aportara ao batente da minha vida e tentava minar os meus projetos, insinuando a toda hora que eu deveria voltar à civilização que tanto detestava. Cada conversa sua era motivo de desagrado para mim.

Os dias iam sempre se passando. E ele perguntava sempre:

– Isso fica sempre assim? Esses índios fedorentos não param de dançar e de berrar? Essa gente não solta a canoa ou a vara de pesca?

– Não. Nem sempre é assim. Agora é que está assim. Acabou-se o tempo das águas. Passaram-se quase oito meses chovendo...

– E o que vocês faziam?

– Pescávamos. Dormíamos. Pensávamos.

Ele torcia o nariz e olhava a rede, enojado.

•••

– Eu trouxe uma porção de calças. Vou lhe dar uma. Você precisa mudar esses remendos.

– Não. Muito obrigado. Essa ainda está nova.

●●●

– Por que só o chamam de dotô?
– Porque gostam. Acham que dotô me dá mais importância.
– Mas você não tem um nome?
– Tenho. Mas não importa. Agora sou apenas o dotô. Está bem assim.

●●●

– Não quer fazer a barba?
– Não.
– Por quê?
– É bom ficar barbado.

●●●

E o seu maior aborrecimento era quando, de noite, aparecia o vulto de Teluíra. Ela me levava do rancho para as areias da praia.
– Não sei como você aguenta esse cheiro... Meu Deus... Não sei...
– Eu sei.

●●●

Então ele, para me recordar a civilização, procurava, contando, descobrir algo que me impressionasse. Alguma coisa que me despertasse saudade. Que me proporcionasse uma sensação de desejo de retorno.

Muito do que me dizia era até agradável de saber. Outras coisas me irritavam ao serem lembradas.

Certa vez, ele falando de música, quase conseguiu fazer que eu me traísse. Realmente a música me dava saudade. Uma boa orquestra.

E ele na sua superioridade, na sua rede, falava, exagerando os fatos. Contando sobre o Municipal. Os últimos concertos a que assistira.

Uma comoção inquieta rojava-se dentro de mim.

– Isso é porque você não conhece música direito. Senão você não se plantava nesse sertão. A falta de música bastava para fazer você abandonar essas brenhas.

Pela primeira vez eu me interessei de fato por um assunto escolhido por Ricardo. Veio aquele sentimento de revolta ao mesmo tempo mesclado de vaidade, que pouco mais ia morrendo no silêncio, naquele meu silêncio. Ninguém jamais poderia penetrar na minha calma para destruí-la.

Então, eu não conhecia música? Somente por que estava usando uma barba grande, um chapéu esfiapado e uma calça cheia de buracos?

Pois se a música fora a minha família, minha fuga, a esponja do meu desalento e abandono...

A amenização de dor que me produzia Bach com os seus corais, as suas tocatas, fugas, alemandes, a grande Chaconne...

E Beethoven com as suas sinfonias, os concertos, as sonatas. O desespero da nona sinfonia. O coral, me triturando na cadeira da galeria. Eu ouvindo o mar se rebentar contra o meu peito. Os ouvidos me volatizarem pelos espaços, todo o meu ser naquela busca, naquele abandono de infinito.

E Mozart? E Wagner? E Haydn, Haendel?...

Ricardo não podia adivinhar o que pensava. Minha memória cantarolava trechos e mais trechos na minha saudade macia.

Quando ele poderia pensar que um vagabundo, num rancho à margem do Araguaia, conhecesse tantos temas diferentes e tivesse um pouco de afinação para repeti-los?

Sabia que o conhecimento do rapaz era superficial. Poderia arrasá-lo. Torturá-lo. Gente como ele ia ao Municipal, porque era bom ir ao Municipal. Não me admiraria que ele gostasse da serenata de Schubert, algumas valsinhas mais batidas de Chopin e, quase certo, a Dança do Fogo...

Para ele, Municipal tinha sido elegância e sorrisos. Para mim, sempre fora música e tristezas...

Que vontade de aconselhá-lo, para que, quando voltasse, ouvisse com amor as variações sinfônicas de Cesar Franck. Entendesse Prokoffieff, Ravel, Debussy... Mas, por que pensava nisso? Por que me interessar por coisas mortas? Coisas vivas somente na memória. Mas a memória se perdia em curvas...

Eu diria para ele que era amigo de uma pianista famosa. Sabe, Ricardo, eu conheço Antonieta Rudge. Conheço a sua filha Helena. Nós éramos amigos. Ela tocava na intimidade para a gente. Sabe, Ricardo, Antonieta Rudge apresentou-me a grandes pianistas...

Mas nada disso Ricardo haveria de saber. Nada. Senão ele poderia me perguntar:

– Nem pensando nessa música, nessa gente, você não seria capaz de retornar?...

E eu lhe responderia:

– Não, Ricardo. Nunca. Nunca mesmo...

Balancei a rede de mansinho e falei:

– Você tem razão, Ricardo. Eu não entendo direito de música...

Capítulo Quinto

HISTÓRIAS QUE
O RIO LEVA E TRAZ

Ricardo continuava morando no meu rancho. Já agora, havia uma certa compreensão nele das coisas do lugar.

Eu o tentava compreender. Lembrando que quando chegara também fora assaltado pelos mesmos sentimentos de revolta. Entretanto, existia sempre aquela diferença no modo como chegáramos aqui.

Um viera por gosto. Outro fora obrigado a vir.

Parece que ele se conformara um pouco. Deixou de lado o tempo, não se importou com os dias que se passavam. Era um modo de se iludir. Um dia, quando abrisse os olhos, seria tempo de voltar.

Uma tarde estávamos sentados na barranca do rio e eu fitava com tristeza as águas que passavam de leve, tênues e transparentes. Ricardo notou que alguma coisa me preocupava.

– O que há? A saudade está batendo no peito insensível do dotô?

– Talvez.

– Eu compreendo. Você deve sentir muito mais falta do barulho da cidade. Você está há muito tempo longe da vida...

– Não é bem isso...

– Então, o que o deixa triste desse jeito?

Apontei as águas que passavam indiferentes. Ele não compreendeu.

– São as águas do rio, Ricardo. As águas do rio.

– E o que têm essas águas? São como as de qualquer outro rio.

– Você não as compreende. Nesse momento, elas me tornam tristíssimo. São as notícias que as águas levam e trazem. Cada dia há uma novidade...

– Você está doido!

– Não estou. Vou lhe contar uma história.

E contei-lhe sobre a vida de Gregorão. De uma maneira resumida. Quando acabei, perguntei-lhe:

– Que tal achou de um tipo desses?

– Realmente notável!

– Pois as águas do rio me trouxeram hoje a notícia de que ele morreu. Os boatos sobem as águas e as notícias também sobem o rio com a mesma pressa que descem. Vêm grudados nas pontas, nas proas das embarcações. Na pá de todos os remos...

Gregorão morreu.

– Disseram que ele encontrou o Menino. Brigaram novamente por causa de outra mulher. Mataram gente. Fugiram selva adentro. A polícia perseguiu-os. Morreram lutando na beira do Rio do Coco. Gregorão foi estranhamente encontrado, completamente descarnado. Sem estômago, sem intestinos e outras partes arrancadas. Dizem que, ferido, tentou atravessar o rio a nado, num instinto de fuga, de salvação. Mas o rio estava cheio de piranhas. Aquela buraqueira naquele corpo de gigante foi obra dos dentes das piranhas vermelhas...

Fiz uma pausa, depois prossegui.

– As águas desse rio me contam coisas tristes, geralmente. Para você, isso é apenas mais um rio dentro da vida. Para mim, é muito mais. É tudo no momento. Eu conheço toda a sua história. Um dia, viajarei por dentro das suas águas, vendo tudo que já ouvi... E que coisas lindas ele possui. Aldeias de índios mais selvagens do que esses, outros carajás que, distanciados dos brancos, se transformam em criaturas perigosas. Em cada praia, em cada canto, em cada barreira, estão as suas aldeias. Os homens pescando, remando, caçando, fabricando canoas. Vivendo as suas vidas independentes de acordo com as suas leis nativas... Você não acha lindo isso?

Ricardo abanou os ombros num gesto de evasiva.

– Pois é isso. Eu acho. É uma vida simples, pura. Os índios que me fascinaram sempre. Homens como nós. Seres fantasticamente mais felizes. Sempre ao natural de tudo. Bons e ruins ao mesmo tempo. Nunca ruins totalmente. Não há coração humano totalmente mau.

– É. Pode ser. Mas eu não acredito nos índios. Veja aquele caso de Uaxiraô. Aquilo que estavam contando, na venda.

– A história de Uaxiraô foi mal contada. Toda história que branco conta envenena o índio. Eu perguntei a Djoé e soube da verdade. Uaxiraô foi criado nos brancos e tomou ódio a todos. Ele era vesgo de nascença e isso bastou para ser motivo de caçoarem do pobre índio a toda hora. Um dia, ele fugiu e voltou para o rio. Trancou-se como uma espécie de porteira em Barreirinha de Pedra, que fica no Estado do Pará. Ali ele se desforra das maldades que os brancos lhe fizeram. Quem por lá passa, arrisca-se ao visto das suas bordunas ou de suas flechas. Quem cair nas suas mãos dificilmente escapará à sua vingança...

– E isso é justo?

– Eu acho.

– E a história daqueles índios que iam comprar fumo nas canoas que passavam, com notas de 100, 200 e 500 mil-réis? Aquilo também é justo?

– Justíssimo. Antes de os brancos chegarem por aqui, não havia muita ambição entre os carajás. Ou mesmo entre qualquer outro índio. Não havia. Agora eles querem fumo. É um vício. E todo vício exige do homem qualquer sacrifício. Eles querem fumar. Encher os aricocós de fumo. Esse vício torna-se caro, porque eles não têm o miserável dinheiro. Mas eles têm que fumar. Pedem ao branco. Não recebem. Entretanto se tivessem dinheiro, os brancos que passam lhes venderiam fumo. Que fazer? Arranjar primeiro dinheiro. De qualquer jeito. E eles o arranjam...

– E você aprova o modo como eles arranjam esse dinheiro?

– Plenamente. Eles não têm o senso da propriedade. Não sabem o valor do dinheiro. Sabem que ele vale e que com ele poderão comprar o fumo. Desce uma canoa. É um branco. Pode ser um garimpeiro. Uma emboscada. Um corpo às piranhas e o dinheiro na mão. O maldito dinheiro, que compra o fumo e sustenta o vício. Outro branco que passar lhe venderá o fumo. Porque ao deparar o dinheiro, com uma nota graúda de duzentos mil-réis, não enxergará o dinheiro e sim um aviso: o que passou antes pagou com a vida, um fumo que não quis dar... O fumo. Afinal uma tara que o branco trouxe...

– Você está se tornando tão selvagem como esses índios porcos que vivem por aí!...

– Índios porcos, Ricardo? Índios porcos? Você tem coragem de tratá-los assim? Pergunto eu: o que sabe você da porcaria da vida? Da sujeira da vida? O que sabe? Nada... corpo às piranhas e o dinheiro na mão. O maldito dinheiro. Foi batizado com dinheiro. Morrerá burguesmente com dinheiro. Seja o que você for: um estudante, um homem rico, um jovem de futuro garantido, uma flor, um adorno da sociedade idiota... qualquer coisa. Uma coisa boa ou ruim... para mim você não passará de um inútil. Não me fale em índios porcos que você me repugna. Como qualquer de seus seres semelhantes, tratados por civilizados...

– Puxa! Não é preciso se zangar porque chamei de porcos os seus amigos. Calma, rapaz!...

– Você acha que estou zangado? Nunca me zanguei então com tanta calma. Se me zangasse a ponto de perder o meu equilíbrio lógico, teria jogado você, agora mesmo, dentro do rio. Você sabe que sou um bocado forte, não?

Ele não me respondeu. Mas eu tinha que falar. Tinha que desabafar. Nem que conversasse comigo mesmo:

– Ora, sim senhor, índios porcos! Ouça, meu velho. Eu conheço a porcaria da vida, a ressonância fétida da palavra sujeira. Vivi anos dentro de um hospital de neurologia. Você sabe o que é isso? Não sabe, não é? Pois eu sei. É um lugar onde as pessoas se endurecem. Saí de lá, porque o meu coração também paralisou. Eu não dava para aquilo. Apreciar vidas paradas. Pernas duras. Caras duras. Corpos duros. Tudo paralisado. Gente com expressões paralisadas em máscaras humanas. Pedras humanas chorando. Seres que tremiam, que se arrastavam. Um mundo completamente atrofiado. Esquecido da caridade dos homens. Em suma, uma porcaria sem consequência da vida que você não conhece. E não acha você que é porcaria esse endurecimento moral que assalta os seus semelhantes que fingem ignorar esses lados tristes? Não acha porcaria a paralisia moral que ataca os seus irmãos civilizados? Não, Ricardo. Você não conhece isso. Pensa que a vida está ao alcance de seus desejos, que é apenas uma imagem dependendo dos seus movimentos e dos seus sopros. Que o universo é um produto de imaginação. Um reflexo de seus atos combinados. A vida existiu antes de você e sem necessidade de você. Tudo é continuação. Essa pequena importância que você se dá é um reflexo da comodidade exposta no seu burguesismo. Mas não adianta. Olhe aqui.

E mostrei o meu braço que se distendia e se encolhia.

– Isso é impressionante, não? Move-se. Há sangue circulando dentro das veias. Há glóbulos movimentando-se dentro do sangue. Há nervos obedecendo à minha vontade. Músculos que se mexem quando quero. Vem uma sensação aos nervos centrífugos que levam diretamente essa sensação à medula e essa a transforma em movimento executado. Cada movimento realizado obedece à minha vontade ou ao meu instinto. Lindo, não? Veja esse braço que se move...

E continuei abrindo e fechando o braço.

– Pois bem. Amanhã ele estará parado. O sangue irá se decompondo e eu me transformarei numa porcaria infecta. Mas isso não me impressiona, porque nunca dei importância à minha existência. Ou melhor, cada vez mais procurei diminuir o meu apego ao cordão umbilical da vida. Eu morrerei um dia e a vida continuará. Você morrerá um dia, Ricardo. Morrerá. Ou com apego ou sem apego. Ou banhando-se em dinheiro ou nas misérias dos hospitais de indigência. Sei que estou lhe fazendo mal. Mas olhe, Ricardo. Olhe mais uma vez. Que continuidade nesse braço abrindo e fechando, se movendo, se movendo. Um dia, e poderá também ser hoje. Amanhã, talvez, esses dedos estejam apertando uma florzinha branca...

O rosto de Ricardo empalidecera. Seus olhos, que fitavam as águas do rio, estavam agora presos nelas, medrosamente.

Eu ria comigo mesmo. Nunca em minha vida, tamanho cinismo, tamanha vontade de fazer uma maldade a alguém me assaltara.

Ele se levantou meio trêmulo e caminhou desorientado. Afinal conseguiu tomar a direção da venda.

O rio continuava rolando indiferente suas águas.

Elas, que traziam notícias de toda parte. De cima e de baixo. As águas refletindo o coração humano. As águas do rio que desceram sempre. Que comeram os seus sonhos. Que não tratavam os homens de duas maneiras. Tudo, para elas, era redondamente igual. Ou o índio ou o branco. Nas suas águas, banhava-se toda a porcaria da vida, todas as impurezas dos homens. Ou corpos belos e sadios dos carajás bem proporcionados. Ou outros que a lepra do sertão assaltava.

As águas disseram:

– Macaúba é um lugar tão triste como todos os lugares tristes da Terra. Para lá, naquele esconderijo, no braço perdido do rio, vão os homens que a lepra tritura.

Macaúba é uma ferida na selva. Flor de chagas com cheiro adocicado. Vão os índios. Vão os brancos. Aqueles vão. Uma vez ou outra um missionário de lá se aproxima. Vem aquela tristeza maior. Um dia, eu visitarei esses homens.

Olho as águas do rio que descem sempre. Que levam e trazem as notícias. Notícias quase sempre tristes.

Macaúba! Há uma lágrima boiando dentro de mim.

E ninguém compreende porque as águas do rio beberam os meus sonhos...

Capítulo Sexto

CASAMENTO SELVAGEM

Quando, de noite, voltei para o meu rancho, Ricardo já estava lá, deitado. Lenta, balançava a sua rede.

Tudo estava às escuras e o lume do seu cigarro avivava-se e apagava-se. Ia e vinha conforme a trajetória da rede.

Abaixei-me e acendi o fogo. Fazia frio e a minha ideia era coar um pouco de chá de vinagreiro e adoçá-lo com um pedaço de rapadura que me dera o cabo Milton.

Enquanto a água fervia na rabinha, atirei o corpo na rede. Havia um silêncio teimoso que eu estava tentando dominar. Afinal falei.

— Ei, Ricardo, eu queria que você desculpasse o jeito com que lhe falei hoje à tarde.

Ele era um bom rapaz, sem dúvida, porque respondeu imediatamente, tornando-se o mais natural possível.

— Não foi nada. Eu tive a culpa. Não o farei mais. De outra feita não tocarei mais sobre os seus índios. Ignorava que de fato você gostasse tanto deles...

— Tenho-lhes um pouco de amizade. Por isso exaltei-me um pouco.

– Não há de ser nada. Eu já nem me lembrava. Quer fumar um cigarro?

Aceitei. Ouvi o borbulho da água dentro da rabinha. Levantei-me. Encostei os lábios do cigarro às labaredas, saindo do fogão de pedra. Principiei a remexer o chá de vinagreiro.

– Está cheiroso.

– Quer provar?

Enchi uma caneca e dei-a para Ricardo. Lembrei-me sorrindo que na primeira vez que ele tomara daquele chá torcera o nariz e o jogara fora. Mas, vendo que os dias se passavam e não havia mais café, foi se habituando aos poucos com a bebida. Agora, aprendera a saborear o chá selvagem com um certo prazer.

Então, lembrei-me também de convidá-lo para um grande passeio. Queria que ele visse que não guardava rancor de espécie alguma.

– Pra semana, vão fazer um grande casamento na aldeia de Santa Isabel. É o casamento de um rapaz carajá, chamado Deridu. O noivo tem quatorze anos e a noiva, que se chama Anarriro, treze. Vão fazer festas e danças. Um espetáculo inédito para você. Eu fui convidado. Você gostaria de ir?

– Onde fica Santa Isabel?

– Um pouco longe. Uma porção de léguas abaixo do desaguamento do Rio das Mortes. Seis dias descendo o Araguaia. Uma aldeia no começo da Ilha do Bananal.

– Estou quase indo.

– A volta, a subida é que é um pouco dura. Mas nós vamos na canoa de Djoé. Ele leva outro índio para nos ajudar a remar.

– Ilha do Bananal! Nunca pensei que chegasse um dia a conhecer essa ilha. Lembro-me da emoção que me apossava ao estudar a Geografia e saber que a Ilha do Bananal era a maior ilha fluvial do mundo. Agora, vou vê-la com meus próprios olhos. Senti-la com as minhas mãos.

– Então está combinado?

– Está.

●●●

Dois dias depois, descíamos o rio. A paisagem era parecida em toda parte. Uma porção de povoados ia surgindo nas margens do Araguaia. Era uma gente que vivia isolada do resto do mundo.

Eta, Brasil enorme!

Lugares que possuíam denominações sagradas. Todos com nomes de santo. Influência natural dos missionários. Resultado da crendice humana.

Passamos o Dumbazinho, o Dumbá, Cocalinho, Travessão Riúna, Piedade, São José, São Pedro. Chegamos à cabeceira da Ilha de Santana do Bananal.

Há mais de seis dias que estávamos descendo. Costumávamos dormir nas praias, ao redor de uma coivara.

Ficava sempre um de guarda. Os jacarés eram perigosos. Às vezes deitávamos em praias onde as gaivotas selvagens faziam os seus ninhos. Elas, irritadas com a nossa presença, passavam a noite voando em contínuos círculos brancos e num alarido infernal.

Uma sensação de admiração me atacou ao atingirmos o começo da ilha. Djoé ia explicando.

– Se chama de Bananal, dotô, num é purque tenha mata de banana brava não. É purque se parece cum uma banana cumprida. São cem légua de cumprimento e quarenta de largura... Tá vendo ali, dotô? É o Araguaia que se devide. Do lado que nóis vai ele continua Araguaia. Do otro, se chama de Javaé. Ali é lugá de aldeia de Javaé. Na metade da ilha tem muita aldeia de índio Javaé.

– É verdade que índio Javaé era o mesmo carajá, Djoé?

– É, sim. Eles brigaro e se afastaro da gente. Mas ainda fala a mesma língua e usa omurarê debaixo dos olhos e no braço esquerdo.

•••

Íamos descendo sempre.

– Sabe o que é aquilo, dotô?

– Um rio desaguando.

– É o Rio das Morte. A gente percisa tomá cuidado quando passá ali. As águas fais rebojo.

Olhei respeitoso aquelas águas que vinham se misturar às do Araguaia. O rio que banhava as terras dos terríveis xavantes. As vidas que se perderam. As bordunas traiçoeiras e perigosas. A solidão das selvas...

Mas suas águas eram cristalinas e puras, surgindo aos nossos olhos.

Cinco léguas abaixo do Rio das Mortes existia o povoado de Morro de São Félix. E uma légua mais se localizava Santa Isabel, o ponto final da nossa viagem.

Santa Isabel se colocava numa espécie de enseada. Numa barranca repleta de palhoças de índios.

Com a aproximação da embarcação, o carajá estava fazendo uma zoada incrível. Era o *kou*, sinal de gente que chegava.

A barreira se encheu de gente. Índios nus, mulheres e crianças. Alguns jaburus domesticados pousavam na beira do rio, encolhidos numa só perna.

A canoa deslizou na areia da praia.

Um mulato queimado nos recebeu. Era o chefe do Serviço de Proteção aos Índios, de Santa Isabel.

Reparei que a minha figura mal vestida e rota pouco chamava a atenção. Mas o pobre do Ricardo estava sendo atravancado de pedidos.

•••

O casamento de Deridu ia se realizar. Já se preparava o ambiente festivo. Dentro de três ou quatro dias seriam iniciadas as realizações das bodas.

Mas aquele casamento tinha uma história. E como era complicada!

O primeiro capítulo se desenrolou na escola de Santa Isabel. Ali, havia uma professora mulata que ensinava muito mal e vagarosamente, como se era de esperar, numa terra encalhada na distância e onde a palavra futuro nada significava a não ser os dias que haveriam de vir.

O preto, o branco, o índio carajá, todos se misturando numa maré de ignorância. Menino se sentando com menina... Por isso é que saiu o escândalo.

Deridu era já crescido. Muito bem disposto e observador. Frequentava a escola, apesar de estar na idade de se metamorfosear em homem. E no índio, talvez pelo contato direto da natureza, isso se realiza mais rapidamente.

Deridu sabia observar mais a vida do que os outros. Foi de tanto observar, tanto na escola como na aldeia, que ele descobriu que Anarriro, uma índia já mocinha, era um pedaço.

Na aldeia, observava-a completamente ao natural e suspirava.

Na escola, disfarçava a vista da cartilha e se fixava nas coxas roliças de Anarriro.

Era o despertar do sexo.

Ele sorriu de longe para ela. Teve correspondência. Sentou-se perto dela e segurou na sua mão.

Depois, segundo o que me contaram, vieram os madrigais.

– Anarriro, você é bonita!

Ela sorriu mais.

– Anarriro, eu gosto de você.

– Anarriro, não posso viver sem você...

Uma noite saíram a passear. A Lua estava linda e a areia da praia, macia e morna.

Sentaram-se. Aproximaram-se mais um pouco. Mais ainda...

Na manhã seguinte, Anarriro apareceu na aldeia, sem trazer na perna a liga da virgindade. Foi um escândalo. E como já era uma mulher, não foi mais à escola.

Descobriram logo o autor. Agora preparavam a legalização do ato.

Mulheres se movimentavam em todas as direções. Umas fabricavam pratos especiais dentro do cardápio reduzido do alimento selvagem. O *kalugi*, a bebida gostosa, estava sendo fabricada.

As velhas mais velhas da aldeia sentavam-se nas esteiras e, encostando os seios emurchecidos nas bordas do vasilhame de barro, mastigavam milho verde e cuspiam aquela massa amarelada e viscosa dentro dos alguidares. Ali seria adicionado um pouco d'água para que tudo fermentasse, formando o *kalugi*, bebida das festas. O doce *kalugi*.

Outras a fabricavam do mesmo jeito, mastigando o arroz.

Mulheres mais moças punham mandioca descascada dentro de canoas cheias d'água, para que azedasse. Mais uns dias e elas retirariam aquela massa azeda que passaria por um processo de cozinhamento até formar a tão conhecida farinha de puba, a mesma usada pelo sertanejo do Oeste.

Ainda havia outras mulheres enterrando batata-doce, abóbora e também aipim, para apodrecer e depois cozinhar tudo.

O molho de gordura, sem sal, de tartaruga, estava quase pronto para salientar o gosto dos bolinhos de mandioca. No dia do banquete, serviriam tartarugas cozinhadas nos próprios cascos. Peixes recém-fisgados apareceriam em travessas de barro, assados com tripa e tudo. Em resumo, ia ser uma festa maravilhosa.

A azáfama na aldeia era muito grande.

Talvez Deridu e Anarriro formassem o par mais novo até então entre os índios carajás.

E o dia chegou. Iam se iniciar os festejos. A realização dos três dias dedicados aos esponsais.

No primeiro dia, ao entardecer, os parentes da noiva foram até o rancho do jovem nubente e carregaram todas as suas propriedades para a tapera da família da noiva. Eram arcos, flechas, esteiras e cobertas velhas rescendendo a óleo de babaçu. Uns potes com mistura do mesmo óleo com urucu. Enfeites de penas de arara e um ou dois remos.

Isso, porque o rapaz era afortunado.

Nessa noite o casal já poderia dormir junto. Era a primeira noite de núpcias.

O dia seguinte era mais importante. Deridu saiu com um seu tio e um parente da noiva numa canoa e foram passar o dia no rio.

Ele ia pescar e assim provar que tinha capacidade suficiente para sustentar uma mulher.

Ao entardecer, eles retornaram. Toda a aldeia e gente de Santa Isabel tinha se agrupado na barranca do rio para assistir à chegada do noivo.

Deridu vinha lindo! Pelo menos a se julgar pelos "uis!" e por outras exclamações emocionadas que os índios deixavam escapar.

O seu corpo estava inteiramente nu, coberto de cima a baixo por grossas camadas de óleo vermelho de urucu. Dir-se-ia uma figura retirada de uma barreira vermelha...

Grandes desenhos negros e caprichosamente traçados ornamentavam as suas costas e delineavam as suas nádegas. Nos pulsos, duas pulseiras, tecidas com cordas de fibra de tucum e coloridas de azul.

No pescoço, e descendo até o peito bem desenvolvido, colares multicores de miçangas, entremeados de cores verdes, balançavam.

Seu corpo vinha colocado no centro da embarcação. Sua cabeça abaixava-se molemente, fazendo com que os cabelos negros, brilhantes e oleosos, caíssem divididos sobre os seus ombros. Os braços descansavam entre as coxas, escondendo o sexo.

A canoa tocou a praia.

O parente da noiva enfiou o pescoço entre as pernas de Deridu e suspendeu-o sentado, sobre os ombros. Caminhou com ele, subindo a barranca, até o rancho da noiva.

Deridu continuava sempre de cabeça baixa, para que, segundo as leis sagradas, não divisasse a noiva. Sim, porque Anarriro também viera esperá-lo na barreira, tendo o corpo nu e inteiramente pintado. Mas ele não podia ver.

Chegados ao rancho, o parente da noiva o depositou sentado numa esteira. Veio uma velha, tia talvez da noiva, trazendo uma vasilha com água e lavou o rosto, depois os pulsos do noivo. Só então ele pôde levantar a vista e divisar Anarriro, maravilhosamente linda no seu vestido nu de noiva. E ela lhe sorriu feliz.

Aí, começaram as festas. As danças. O banquete foi servido. Os índios cantaram canções monótonas. Trouxeram-me *kalugi* e mandioca. Comi do peixe com tripa e sem sal.

Ricardo provou qualquer coisa e empalideceu. Mas os índios se encontravam demasiado felizes para notarem a sua carreira em direção ao rio.

As danças e as cantorias se prolongaram até de madrugada.

Quando os primeiros raios de sol apareceram, um cortejo enorme seguiu os casados para assistir ao banho no rio.

Essa era a última cerimônia.

Assim foi o casamento de Deridu.

O engraçado é que uma semana depois... Deridu apanhou uma canoa, desceu o rio e foi morar numa outra aldeia, no fim do Bananal. Não aguentara os puxões que Anarriro lhe administrava nos cabelos.

E o pior era Anarriro estar preparando outra canoa, para descer também o rio, à sua procura.

Capítulo Sétimo

A CANÇÃO DE MARABÁ

Resolvemos passar uma porção de dias em Santa Isabel.

As festas tinham finalizado e a vida voltara ao normal.

Fiz camaradagem com o rapaz que dirigia o Serviço de Proteção aos Índios. Combinamos que no ano seguinte viria, assim que passassem as águas, trabalhar, sob a sua direção. Era um trabalho salutar e para isso os meus músculos estavam descansados: passar a manhã no cabo do machado; a tarde na roça de arroz e fazer o relatório do serviço que seria encaminhado para Goiás.

A proposta me tentara.

Nem perguntei se ia ganhar alguma coisa. Contanto que me dessem boia, o resto não importava.

Meus dias se dividiam em brincadeiras. Só as pessoas grandes sabem brincar. A infância é uma coisa tão torturada que não pode compreender isso.

Tudo se passava para mim, como se houvesse a repetição do paraíso.

Ricardo se admirava de como eu conseguia adaptar-me tão facilmente aos costumes daquela gente. Não perdera ainda o ar que rescendia a cidade. Também ele só viera passar oito meses. Depois, voltaria para os estudos ou para a sociedade a que fora acostumado.

Eu via o quanto sofria com a barba crescida. Com a falta de uma lavadeira que lhe trouxesse umas camisas alvíssimas e engomadas.

O sabonete acabado, a pasta de dente que faltava, o ruído da dança do índio, o som monótono do maracá, as viúvas que gemiam as mortes dos seus maridos durante noites e noites seguidas, o grito do jacaré na beira do rio, o bramido da onça na mata... tudo aquilo o torturava a ponto de lhe virem lágrimas aos olhos. Via-se que a saudade o invadia cada vez mais. Ainda estávamos em começo de maio.

Esse ano o Geral viera mais cedo, prova de que as águas custariam mais a regressar. Ricardo teria que passar muito tempo ainda... Parecia que, de certo modo, ele invejava a minha capacidade de acomodação.

Muita coisa não compreendia. O fato de eu aguentar o cheiro do índio, aquele cheiro de óleo de babaçu com urutu, a minha mania de preferir dormir na aldeia dos índios, de deitar-me nas suas esteiras ao relento. As minhas incursões dentro dos lagos, nas finíssimas e esguias canoas carajás. O banho do rio, mergulhando com os indiozinhos bonitos como pequenos bonzos. A gritaria e a água espadanando. Os saltos das últimas barreiras. A delícia com que eu ouvia as suas conversas, histórias, expressões gozadas, a facilidade com que entendia aquela linguagem rápida e gutural. Ou mesmo poder atirar de arco e flecha... Tudo parecia causar--lhe um sentimento de inveja.

Eu sabia disso. Sentia simplesmente que aquela superioridade nascia do meu desinteresse pessoal das coisas, dos lucros que não procurava obter. Do nivelamento adquirido das pessoas e das coisas. Ninguém era melhor que ninguém. Nada era mais que nada.

Uma tarde repousávamos sob um pé de simbaíba, observando o mistério das águas do rio, quando um gritar ensurdecedor se estabeleceu na aldeia.

Ricardo remexeu-se inquieto.

– Que diabo será isso?

– É o *kou*. Sinal de gente que vem chegando. Vamos ver.

Corri até lá e divisei longe, na curva do rio, uma canoa se aproximando. Dez minutos depois seus homens estavam bem próximos.

– São garimpeiros. Repare que caras, Ricardo.

Eles começaram a aportar. Os índios curiosos enchiam a barreira para ver os toris que passavam sempre, na esperança de que algum presente aparecesse.

– Olhe aquelas caras, Ricardo. Que maravilha!

Eram homens fortes, queimados de sol e de caras fechadas. Gente dura, criada na forma dos gerais. Gente que via a morte constantemente no meio de suas aventuras. Aventuras que para ela não existiam, era a vida. Tudo era excursão em busca da sorte...

Os homens apearam da montaria e vieram falar com a gente. Pediram ao chefe do Serviço para pousarem dois dias ali. Estavam cansados e precisavam de uma parada.

Emprestaram-lhes um rancho distante e eles pernoitaram. Prepararam uma coivara em frente à palhoça e de noite fui para lá a fim de conversar.

Eram cinco garimpeiros. Um se chamava Henrique e era paulista. Há muitos anos que pangolava naquela vida, sem ter muita sorte. Outro, era de perto, porque nascera em Descoberto. Talvez fosse o mais fraco deles e se chamava Zequinha. Raimundo, o dono da montaria, viera ao mundo em Mato Grosso. Por fim, Dico ou Diocleciano e Samuel vieram do Maranhão e conheciam todo o Brasil Central, à custa dos pés calejados.

Era uma gente boa e ao mesmo tempo ruim: garimpeiros. E como tais, homens sem noção de piedade.

Suas conversas versavam geralmente sobre coisas familiares. A saudade morava em cada frase. Homens que tinham sol mas não possuíam casas.

Não sei por que a palestra caíra agora sobre o São João. Zequinha contou a sua história. Aquela atração do garimpo mordendo-lhe o peito. Uma vez voltara a casa e tentara ficar. Mas um dia foi aumentando nos seus ouvidos o ruído longe das bateias peneirando. A areia chocalhando contra as pás... E ele se esqueceu das promessas feitas à velha mãe. Uma madrugada, a rede ficou balançando-se sozinha. Agora ele dizia que quando o São João chegasse, na certa, em sua casa, estariam se lembrando dele.

Depois foi Raimundo quem contou a sua. Uma história triste. Uma mulher, duas filhas e o resto de um lar, abandonados há oito anos. Ele retornava e pensava poder encontrar a família que emigrara para o Pará. Como se uma mulher abandonada fosse esperar por um caboclo velho que há oito anos não mandava notícias nem dinheiro. Mas as noites de São João de seu passado falavam de suas duas filhinhas: Zefa e Joaninha, que já deviam ser moças e talvez até tivessem casado.

Samuel entrou em cena falando sobre Carolina, com quem fizera vida e se casara. Uma tarde, a mulher morreu de parto e ele se meteu garimpo adentro, pronto a não se lembrar da pouca felicidade que tivera.

Henrique contou uma história complicada, quase difícil de se acreditar. Fora enfermeiro num hospital de São Paulo e gostava de plantar flores. Tinha um canteiro maravilhoso. Um dia, resolveram aumentar um pavilhão do hospital e acabaram com o seu jardim. Disse ele que não tivera mais coragem de recomeçar outro. Então, saíra sertão afora, à procura de uma vida diferente.

Mas quando chegou a vez de Dico contar, ele trincou os dentes e rosnou soturno:

– Vocês sabem que eu não tenho história...

Os seus dias de São João deviam ser lembranças tristes. Lembranças de uma cela escura, onde havia ratos, muquizanas e baratas, em franca promiscuidade. Sim, Diocleciano acabava de cumprir vinte anos de pena por um crime cometido quando moço. Por isso, seu rosto amarrotava aquela expressão dolorida e se fechara para o mundo.

Ele não teria histórias para contar. Não possuiria piedade para ninguém. Não confiaria em nenhum ser humano. Nunca mais...

Depois, ou seja, por causa do cansaço ou por causa da fogueira adormecendo no seu leito de cinzas, ninguém queria contar mais histórias.

– Vamo drumi?

– É hora...

– Arme sua rede aqui, dotô. Lá fora tá fazendo frio.

– Vou fazer isso.

Armei a minha rede no interior do rancho. Só ouvia o "xen-en-en" doutros punhos contra os caibros. A noite lá fora era negra.

Havia silêncio perambulando em todo canto. Por milagre os índios não dançavam o Aruanã. Mas o sono não me chegava. Eu pensava na vida daqueles homens...

Súbito alguma coisa cortou o silêncio da noite. Era uma voz cantando muito ao longe...

Raimundo remexeu-se na rede e perguntou:

– Tás ouvindo, Dico?

– Tou. A canção de Marabá.

– Acorde o dotô.

– Não é preciso, eu ainda não dormi.

– Pois entonce, oiça, dotô. É a cantiga mais bunita dos garimpo...

– Eu já ouvi uma vez...

E me lembrei de Goó, o cantador, cantando de olhos semi-fechados, evocando a vida dos garimpos em toda a sua grandeza trágica. Os seus cabelos louros, brilhando palidamente à luz da lamparina...

– Quem será o danado que vem cantando?...

Deve de sê um garimpero.

– Que vois bunita que tem!...

– O danado é corajoso mesmo. Eta, garimpero! Descê o rio nessa escuridissa e ainda pur cima vim rachando os peito...

E lá fora a voz vinha se aproximando, dentro do barco e dentro da noite negra.

Todos os habitantes de Santa Isabel deveriam estar escutando; os brancos e os índios. Aquela voz solitária se perdendo, seguindo todas as direções da natureza adormecida. Só a canção revolvia o silêncio do ambiente.

Marabá! Oi... Marabá!..

A voz fazia uma pausa e repetia:

Marabá! Oi... Marabá!..
O diamante mais bunito
Lá no fundo está
Lá no fundo
Bem profundo
Lá de Marabá...

Então a voz se adiantava mais ligeira traduzindo uma emoção mais cruel.

Chegô a veis de Antonho
Merguia no escafandro
E o diamante mais bunito

Ele percurá.
Antonho rapais forte
Caboco dicidido lá do Norte
Tem uma noiva na cidade
E percisa se casá...
Carza tristeza
Carza dó e carza nojo
Um danado dum rebojo
Tudo transtornô...
Hoje im dia pago a quem incontrá
O coração de Antonho
No fundo de Marabá...

No fundo de Marabá...

E o cantador repetia numa sonoridade grave:

Marabá! Oi... Marabá!..

Sim. Marabá. O garimpo de diamantes localizado entre a junção de dois rios. Entre o abraço do Tocantins com o Araguaia.

A cidadezinha que surge quando se passa as grandes cachoeiras, depois que se deixa Conceição do Araguaia pela popa.

Os homens vencendo as cachoeiras numa luta titânica. Com os nervos à flor da pele e os músculos quase se despregando do corpo. Eis a grande descida. O canal está ao lado. Quatro homens segurando o jacumã. As águas revoltas como gargalhadas de demônios. Elas se arrastam, se devastam, se devoram, se sobrepujam, se maltratam, se esbofeteiam, se confundem numa velocidade alucinante. Cada braço de água procurando chegar primeiro ao precipício. Arremessar-se na voragem. A caudal é gigantesca. E elas se precipitam, cantando canções selvagens. Blasfemando pragas de estrondos.

São as cachoeiras. Os sorvedouros de vidas. De vidas rudes.

– Guenta o leme!...

E o Jacumã será seguro por oito pulsos firmes, o suor porejará por toda a extensão das frontes. O esforço causará um gosto de sangue dentro da boca. A respiração parará e o coração gelará no peito.

– Guenta o leme!...

A embarcação pegou o canal. Os olhos dos homens estão acompanhando a vertigem das águas. Agora, só a volúpia da velocidade. Um pequeno desvio, uma pequena oscilação de um braço e a canoa perderá o rumo do canal. Então os homens serão postas de carne transformadas em águas rubras se misturando com as carnes brancas e espumantes das águas da cachoeira.

– Guenta o leme!...

Porque as cachoeiras conhecem as cantigas das desgraças, afogam os gemidos de dor. Conhecem os últimos olhares de saudade e de adeus para a vida... A lembrança das famílias que ficaram longe. Um pai, uma mãe, uma mulher, muitos filhos... Toda essa gente longínqua e que não conhece a fama das grandes cachoeiras.

– Guenta o leme!... Guenta o leme!...

Os olhos se cerram. Os músculos doem. A vontade se imobiliza, heroica. Os nervos se retesam como cordas de arcos... Vem uma coberta de espuma sobre os olhos, que vai penetrando. Penetrando sempre. Penetrando e cobrindo tudo, primeiro as cabeças, depois o corpo inteiro. Mas a canoa não perde o canal. Os homens querem viver. Querem aguentar o leme. Têm que viver para os seus entes queridos. Têm que viver. Eles vencem. Vencem as carnes brancas das águas das cachoeiras que ficaram pulsando desesperadas, se retorcendo condenadas àquele inferno de milhões de torvelinhos.

A cachoeira grande ficou para trás...

Marabá vai surgir ao comprido do rio.

Marabá da canção.

O garimpo mais rico do Brasil. Onde a margem da fama, da riqueza, exibe constantemente a sua dourada fascinação.

Quando junho chegar, as águas do rio estarão baixas e portanto mais claras. Os homens vão descer em escafandros à procura dos caldeirões de diamantes.

Marabá dos diamantes azuis! O único lugar no mundo onde as pedras têm essa coloração.

Ouçam a canção de Marabá!

A canção que conta a história de Antonho, que tinha uma noiva na cidade e queria se casar. Tentou o garimpo, cheio de esperanças tão verdes... Uma esperança verde e os diamantes tão azuis.

Mergulhou pensando nela, numa casa que haveria de ser bonita, num futuro que bem poderia ser camarada e apresentar-se risonho...

Um rebojo. Um serpentear de águas. Um redemoinho no fundo do rio, as cordas se confundindo com o tubo de respiração. Tudo se parte. Uma vida ficou enterrada para sempre na profundidade do garimpo de Marabá...

A noiva ficou lá esperando. Esperando...

E como Antonho veio Chico. E como Chico chegou Ambrósio... E como Ambrósio ficou João.

Todos foram ficando. Mas as águas do rio não aumentaram com as lágrimas causadas dos que não ficaram morando lá embaixo.

Marabá dos diamantes azuis!

Hoje im dia pago a quem incontrá
O coração de Antonho
No fundo de Marabá...
No fundo de Marabá...

Eles cantam assim porque sabem que o coração de Antonho voltará um dia num diamante azul. Todos que ficaram lá dentro com o rebojo têm voltado transformados naquela forma de diamante que não há em outra parte no mundo.

...Veio Chico. Veio Ambrósio. Veio Antonho. Veio João... Todos voltam.

É um prêmio do rio. É a lenda do povo. Os diamantes azuis nascem dos corações dos homens que ficaram. Por isso são azuis. Porque pertenceram a homens machos pra burro, que sabiam enfrentar todos os perigos, que vasculhavam a selva, cortavam matas, invadiam as regiões mais inóspitas, trazendo entre os dedos dos pés todas as espécies de areias, de todas as estradas e nos olhos aquela sombra de angústia...

Caminhadas no sertão. Feras pelos lados. Brigas pela frente. Sedas para as mulheres. Tiros para o ar. Violões dentro da noite. Polícia no encalço. Mortes... Garimpeiro... Marabá.

Aquele homem cantava a cantiga mais bonita dos garimpos.

Agora já ia longe.

Sua voz quase não se distinguia do silêncio da noite. A canoa naturalmente navegava ao sabor da correnteza e ele fitaria as estrelas do céu. Mandando mensagem pelas estrelas. Mensagem para os que ficaram. E se uma estrela cadente percorresse o céu naquele momento, o seu desejo estava sendo atendido.

Marabá! Oi... Marabá!..

Era mais um garimpeiro que caminhava em busca da sua sorte. Que caminhava perfazendo o seu futuro. Era um homem macho pra burro. Corajoso e que dentro de um rio tanto podia ser João como Antonho. A noite confundia quem ele fosse para revelar, aos que o ouviam, apenas mais um garimpeiro que descia em busca do seu destino...

Marabá...

Samuel mexeu-se na rede.

– Canta bem, o desgraçado.

– Se canta.

– Tá tamém cum pressa de chegá.

– Se tá. Viajá dentro dessa escuridissa. Topá cum esses caná do rio, de noite... É um bocado macho.

– Se é.

As redes continuavam balançando, gemendo a sua canção comum. Fora, fazia silêncio de novo. As cinzas da fogueira apenas respiravam uma labareda solitária de quando em quando...

Então longe, muito longe, talvez na curva do rio, ouviu-se ainda pela última vez a voz do garimpeiro que passara...

Mara–b–á...

E a voz se perdeu dentro da noite.

Capítulo Oitavo

O HOMEM LONGE DA TERRA

O tempo mastigou mais alguns meses.

Tudo passava.

Foi-se a primavera novamente. Findou-se a época da desova.

Uma manhã, Ricardo apareceu-me febricitante de alegria.

– Dotô, vou-me embora dentro de três dias!...

Olhei sorrindo para ele.

– Boa viagem! Acredite que lhe desejo felicidades.

Ele exultava.

– Eu me vou. Parece mentira.

Assemelhava-se a um passarinho inconsequente.

– Eu me vou. Vou ouvir barulhos. Buzinas de carros. Apitos de trem. Escutar música...

Ele virou-se para mim.

– Por que não vai comigo, dotô? Você está desgraçando a sua vida. Tostando a sua mocidade. Isso não é justo. Há um futuro bem mais proporcionado para você. O seu curso interrompido. Eu o ajudarei. Prometo que o ajudarei. Minha família é muito rica. Assim você me dará uma oportunidade e não serei eternamente inútil.

Sorri agradecido.

– Não irei, Ricardo. Você pode não compreender, mas não irei.

– Incrível! Incrível como você se tenha selvaticado desse jeito! Isso não é vida. A vida exige mais conforto, mais higiene... Pois voltarei feliz. Agora saberei apreciar tudo com mais gosto. Um banho com um sabonete. A água fria do chuveiro. Um cafezinho perfumado. O carinho e o aconchego da família...

Balancei os ombros desinteressado.

– Você nunca falou de sua família, dotô. Você deve ter necessidade de uma família. Tem de voltar...

– A minha família, sem abusar de exploração sentimental, foi a vida. Por isso aqui me sinto completamente ao natural.

– Impossível! Deverá existir qualquer coisa de que sinta falta.

– Pode ser que haja. Mas o que importa?

– Não. Não me conformo. Você voltará comigo. Não deixarei que um ser inteligente se afunde e se perca por essas brenhas...

– Não o tente.

Uma lembrança me assaltou. Fui até o interior do meu rancho e retirei uns cadernos velhos. Dei-os a Ricardo.

– Se quer, pode ler. É um livro que estou escrevendo. Talvez você me entenda um pouco quando acabar. Aviso que tem capítulos desagradáveis para você.

– Quero, sim. Assim encherei o meu tempo e ele passará mais depressa esses três dias.

•••

Na véspera de partir, Ricardo veio a mim.

Tinha uma grande tristeza dentro dos olhos. Entregou-me os cadernos.

Sua voz estava embargada.

– Você é um grande sujeito. Agora sei por que fica. Compreendo o que falou sobre as águas do rio. Você é feliz. Muito mais do que eu. E eu que o julgava apenas um bruto! Mas seu coração é generosíssimo.

– Bobagens. Isso é sentimentalismo. Naturalmente você descobriu que poderíamos ter sido mais amigos e isso, quando se descobre pouco antes da partida, produz dessas crises emocionais. Estarei sempre por aqui. Quando quiser me ver, a distância é grande, mas não infinita. Você já sabe o caminho...

– E que pensa fazer desse livro? É um estudo interessante. Fará sucesso.

– Nada. Ninguém compreenderá. Eles também vivem longe da terra. E esse não será o livro que quero escrever. Há outro...

•••

De noite, na rede, ele tornou a me falar. Notava-se que nos últimos instantes ele se sentia comovido.

– Não deveria insistir, dotô. Mas não posso admiti-lo preso a esse mundo perdido.

– Não estou preso. Um dia poderei voltar.

– Que pretende fazer?

– Depois que passar a chuva, descerei para Santa Isabel. Racharei lenha. Sentirei o cheiro da terra na roça. Isso é um mundo de possibilidades. Não me incomodo que não ganhe. Dinheiro é uma coisa tão suja! Acho que preferirei que me paguem em remédios. Assim poderei tratar de mais gente.

– Não adianta. Você é um homem feliz. Talvez o último. Você encontrou o *rue* do *Beé Rokan*, que os carajás perderam.

– Talvez seja isso.

Nessa noite, fui me lembrando de uma porção de coisas. Perdi o sono. Senti os ruídos da cidade. Ouvi as músicas... Rememorei sorrindo o branco que me alucinava. Essa paz que adquiri, que encontro agora no negror da noite e que me aparecera pela primeira vez numa xícara de café.

Não. Não iria. Nunca mais. Ricardo partiria sozinho. Sei viver perto da terra e sentir-lhe o coração latejar...

Minha vida era para Leopoldina.

Seu É-num-é me contaria histórias. O cabo Milton dividiria o seu peixe comigo e Dona Veronga me falaria dos fuxiquinhos e da vida alheia. Nana me avistaria com prazer. Com o mesmo prazer que ouviria Goó, o cantador.

Por que perder o olho do Araguaia? Se há vinte e poucos anos eu o procurara?

Nunca. Um dia, descerei com as águas do rio e escreverei um livro sobre os garimpos. Sobre Marabá. Sobre o Pium, que antigamente se chamava Banana Brava.

Falarei sobre Gregorão. Da filha de Nana, a Genoveva das tranças cortadas e dos seios duros...

Serei o Dotô. O dotô de todos.

A vida passará. Eu passarei. Mas comigo guardo a certeza de que serei feliz. Conservarei o meu segredo: eu já não sou a Terra da Promissão e da Indolência.

Sinto que germinam em mim mil pés de esperanças garantidas.

•••

– Pelo menos deixe que eu lhe dê essas calças.

– Basta uma. Obrigado.

– Não. Fique com essas quatro. É um favor que me faz. Eu estou indo para casa...

O cavalo de Ricardo viera de Goiás para buscá-lo. De Goiânia tomaria o avião. A família sentia saudades dele.

A rédea balançava entre os seus dedos. O cavalo estava pronto, encilhado.

Ele me olhou mais uma vez. Seus olhos encheram-se d'água. Apertou-me demoradamente entre os seus braços.

– Adeus, homem feliz... Último homem feliz...

– Boa viagem, meu amigo e meu irmão! Boa viagem! Ele apertou a mão de todos que assistiam a sua partida.

Até Djoé estava comovido.

Falei-lhe.

– Você vai fazer uma boa viagem. A chuva não cairá até que você pegue o avião.

Olhamos para o lado do rio. Grossas nuvens iam se formando a cada dia que passava. Breve elas desabariam sobre nós e ficaríamos ilhados do resto do mundo.

Ricardo montou. Olhou para as águas do rio, emocionado, e depois para mim.

Suspendeu a mão me indicando:

– Adeus, homem feliz!

Nesse momento, antes que o cavalo começasse a andar, um indiozinho carajá correu e se abraçou às minhas pernas. Aquelas pernas ainda vestidas de farrapos.

– Dotô, vai dá aula amanhã?

Fitei Ricardo, sorrindo. Ele me compreendeu.

Alisei a cabeça da criança e respondi suavemente.

– Sim, meu filho.

Ricardo virou a rédea do animal e foi caminhando. Deixando para trás Leopoldina com a sua gente. A igreja velha e amarelada. O cruzeiro tosco que um dia assistira à morte do Rodrigo. As árvores da selva. O cheiro dos índios. E muito mais longe, as águas do rio, que passavam...

Depois, o cavalo foi ficando pequeno e sumiu-se na esquina da mata.

Comentei para Djoé:

– Bom rapaz, Djoé. Bom rapaz!...

Entramos no rancho. Sentei na rede e comecei a balançar-me.

Do outro lado do rio, as chuvas vêm se aproximando. Vai chover, meu Deus. Vai chover!...

Djoé falou:

– Qué pitá, dotô?

E me estendeu um pedaço de fumo de rolo. Tirei um canivete do bolso e fui picando o fumo contra a palma calejada da mão. Aprontei o cigarro, enrolei-o, coloquei-o no canto da boca e acendi-o com o lume que o índio me oferecia.

Estava rindo interiormente. Rindo calmamente de mim mesmo.

Não lembro quando, mas um dia eu dissera que preferiria deixar de fumar a usar o fumo de rolo. Que grande bobo que fora!

Um fumo tão bom! Tão gostoso!

Fui fechando os olhos devagar e devagar meti o pé contra a parede do rancho e sacudi a rede, maciamente...

Na aldeia carajá, um índio apareceu e gritou, prevenindo o rio, que a chuva vinha perto... Que a seca estava no fim.

José Mauro de Vasconcelos nasceu em 26 de fevereiro de 1920, em Bangu, no Rio de Janeiro. De família muito pobre, teve, ainda menino, de morar com os tios em Natal, capital do Rio Grande do Norte, onde passou a infância e a juventude. Aos 9 anos de idade, o garoto treinava natação nas águas do Rio Potengi, na mesma cidade, e tinha sonhos de ser campeão. Gostava também de ler, principalmente os romances de Paulo Setúbal, Graciliano Ramos e José Lins do Rego, sendo estes dois últimos importantes escritores regionalistas da literatura brasileira.

Essas atividades na infância de José Mauro serviriam de base para uma vida inteira: sempre o espírito aventureiro, as atividades físicas e, ao mesmo tempo, a literatura, o hábito de escrever, o cinema, as artes plásticas, o teatro – a sensibilidade e o vigor físico. Mas nunca a Academia de Letras, nunca o convívio social marcado por regras e jogos de bastidores. José Mauro se tornaria um homem brilhante, porém muito simples.

Ainda em Natal, frequentou dois anos do curso de Medicina, mas não resistiu: sua personalidade irrequieta impeliu-o a voltar para o Rio de Janeiro, fazendo a viagem a bordo de um navio cargueiro. Uma simples maleta de papelão era a sua bagagem. A partir do Rio de Janeiro, iniciou uma peregrinação pelo Brasil afora: foi treinador de boxe e carregador de banana na capital carioca, pescador no litoral fluminense, professor primário num núcleo de pescadores em Recife, garçom em São Paulo...

Toda essa experiência, associada a uma memória e imaginação privilegiadas e à enorme facilidade de contar histórias, resultou em uma obra literária de qualidade reconhecida internacionalmente: foram 22 livros, entre romances e contos, com traduções publicadas na Europa, nos Estados Unidos, na América Latina e no Japão. Alguns de seus livros ganharam versões para o cinema e teatro.

A estreia ocorreu aos 22 anos, com *Banana Brava* (1942), que retrata o homem embrutecido nos garimpos do sertão de Goiás, no Centro-Oeste do Brasil. Apesar de alguns artigos favoráveis dedicados ao romance, o sucesso não aconteceu. Em seguida, veio *Barro Blanco* (1945), que tem como pano de fundo as salinas de Macau, cidade do Rio Grande do Norte. Surgia, então, a veia regionalista do autor, que seguiria com *Arara Vermelha* (1953), *Farinha Órfã* (1970) e *Chuva Crioula* (1972).

Seu método de trabalho era peculiar. Escolhia os cenários das histórias e então se transportava para lá. Antes de escrever *Arara Vermelha*, percorreu cerca de 3 mil quilômetros pelo sertão, realizando estudos minuciosos que dariam base ao romance. Aos jornalistas, dizia: "Escrevo meus livros em poucos dias. Mas, em compensação, passo anos ruminando ideias. Escrevo tudo à máquina. Faço um capítulo inteiro e depois é que releio o que escrevi. Escrevo a qualquer hora, de dia ou de noite. Quando estou escrevendo, entro em transe. Só paro de bater nas teclas da máquina quando os dedos doem".

A enorme influência que o convívio com os indígenas exerceu em sua vida (costumava viajar para o "meio do mato" pelo menos uma vez por ano) não tardaria a aparecer em sua obra.

Em 1949 publicava *Longe da Terra*, em que conta sua experiência e aponta os prejuízos à cultura indígena causados pelo contato com os brancos. Era o primeiro de uma extensa lista de livros indigenistas: *Arraia de Fogo* (1955), *Rosinha, Minha Canoa* (1962), *O Garanhão das Praias* (1964), *As Confissões de Frei Abóbora* (1966) e *Kuryala: Capitão e Carajá* (1979).

Essa produção resultou de uma importante atividade que o ainda jovem José Mauro exerceu ao lado dos irmãos Villas-Bôas, sertanistas e indigenistas brasileiros, enveredando-se pelo sertão da região do Araguaia, no Centro-Oeste do país. Os irmãos Villas-Bôas – Orlando, Cláudio e Leonardo – lideraram a expedição Roncador-Xingu, iniciada em 1943, ligando o Brasil interior ao Brasil litorâneo. Contataram povos indígenas desconhecidos, cartografaram terras, abriram as rotas do Brasil central.

O livro *Rosinha, Minha Canoa*, em que contrapõe a cultura do sertão primitivo à cultura predatória e corruptora do branco dito civilizado, foi o primeiro grande sucesso. Mas a obra que alcançaria maior reconhecimento do público viria seis anos depois, sob o título *O Meu Pé de Laranja Lima*. Relato autobiográfico, o livro conta a história de uma criança pobre que, incompreendida, foge do mundo real pelos caminhos da imaginação. O romance conquistou os leitores brasileiros, do extremo Norte ao extremo Sul, quebrando todos os recordes de vendas. Na época, o escritor afirmava: "Tenho um público que vai dos 6 aos 93 anos. Não é só aqui no Rio de Janeiro ou em São Paulo, mas em todo o Brasil. Meu livro *Rosinha, Minha Canoa* é utilizado em curso de português na Sorbonne, em Paris".

O que mais impressionava à crítica era o fato de *O Meu Pé de Laranja Lima* ter sido escrito em apenas 12 dias. "Porém estava dentro de mim havia anos, havia 20 anos", dizia José Mauro. "Quando a história está inteiramente feita na imaginação é que começo a escrever. Só trabalho quando tenho a impressão de que o romance está saindo por todos os poros do corpo. Então, vai tudo a jato."

O Meu Pé de Laranja Lima já vendeu mais de dois milhões de exemplares. As traduções se multiplicaram: *Barro Blanco* foi editado na Hungria, Áustria, Argentina e Alemanha; *Arara Vermelha*, na Alemanha, Áustria, Suíça, Argentina, Holanda e Noruega; e *O Meu Pé de Laranja Lima* foi publicado em cerca de 15 países.

Vamos Aquecer o Sol (1972) e *Doidão* (1963) são títulos que junto com *O Meu Pé de Laranja Lima* compõem a sequência autobiográfica de José Mauro, apesar de o autor ter iniciado a trilogia com o relato de sua adolescência e juventude em *Doidão*. *Longe da Terra* e *As Confissões de Frei Abóbora* também apresentam elementos referentes à vida do autor. No rol das obras de José Mauro incluem-se, ainda, livros centrados em dramas existenciais – *Vazante* (1951), *Rua Descalça* (1969) e *A Ceia* (1975) – e outros dedicados a um público mais jovem, que discutem questões humanísticas – *Coração de Vidro* (1964), *O Palácio Japonês* (1969), *O Veleiro de Cristal* (1973) e *O Menino Invisível* (1978).

Ao lado do gaúcho Erico Verissimo e do baiano Jorge Amado, José Mauro era um dos poucos escritores brasileiros que podiam viver exclusivamente de direitos autorais. No entanto, seu talento não brilhava apenas na literatura.

Além de escritor, foi jornalista, radialista, pintor, modelo e ator. Por causa de seu belo porte físico, representou o papel de galã em diversos filmes e novelas. Ganhou prêmios por sua atuação em *Carteira Modelo 19*, *A Ilha* e *Mulheres e Milhões*. Foi também modelo para o Monumento à Juventude, esculpido no jardim do antigo Ministério da Educação, no Rio de Janeiro, em 1941, por Bruno Giorgi (1905-1993), escultor brasileiro reconhecido internacionalmente.

José Mauro de Vasconcelos só não teve êxito mesmo em uma área: a Academia. Na década de 1940, chegou até a ganhar uma bolsa de estudo na Espanha, mas, após uma semana, decidiu abandonar a vida acadêmica e correr a Europa. Seu espírito aventureiro falara mais alto.

O sucesso do autor deve-se, principalmente, à facilidade de comunicação com seus leitores. José Mauro explicava: "O que atrai meu público deve ser a minha simplicidade, o que eu acho que seja simplicidade. Os meus personagens falam linguagem regional. O povo é simples como eu. Como já disse, não tenho nada de aparência de escritor. É a minha personalidade que está se expressando na literatura, o meu próprio eu".

José Mauro de Vasconcelos faleceu em 24 de julho de 1984, aos 64 anos.

Dados Internacionais de Catalogação na Publicação (CIP)
(Câmara Brasileira do Livro, SP, Brasil)

Vasconcelos, José Mauro de, 1920-1984
 Longe da terra / José Mauro de Vasconcelos. – 2. ed. São Paulo: Editora Melhoramentos, 2019.
 ISBN: 978-85-06-08423-6
 1. Romance brasileiro I. Título.
 19-26264 CDD-B869.3

Índices para catálogo sistemático:
1. Romances: Literatura brasileira B869.3

Cibele Maria Dias – Bibliotecária – CRB-8/9427

Edição revisada conforme o Acordo Ortográfico da Língua Portuguesa

Projeto e diagramação: APIS design
Texto de apresentação: Dr. João Luís Ceccantini

© José Mauro de Vasconcelos

Direitos de publicação:
© 1964 Cia. Melhoramentos de São Paulo
© 2019 Editora Melhoramentos Ltda.
Todos os direitos reservados.

2ª edição, agosto de 2019
ISBN 978-85-06-08423-6

Atendimento ao consumidor:
Caixa Postal 729 – CEP 01031-970
São Paulo – SP – Brasil
Tel.: (11) 3874-0880
www.editoramelhoramentos.com.br
sac@melhoramentos.com.br

Impresso no Brasil